Reinhard Schreiber · *Der Hochstapler*

AF198846

Reinhard Schreiber

Der Hochstapler

Fluchten und Wandlungen des

Friedrich Kronberg

Roman

Bibliographische Information der Deutschen Nationalbibliothek:
Die Deutsche Nationalbibliothek verzeichnet diese Publikation in
der Deutschen Nationalbibliographie; detaillierte bibliographische
Daten sind im Internet über hppt://dnb.dnb.de abrufbar.

Herstellung und Verlag:
BoD – Books on Demand, Norderstedt

ISBN: 9783750415287

Inhalt

Mein besonderer Dank gilt Herrn Alexander Gregorius für die freundliche Unterstützung bei der Lösung von EDV-technischen Problemen, die mit der Herstellung dieses Buchs verbunden waren.   *R.S.*

München-Bogenhausen

1945

Das Fundstück

Am Nachmittag des 10. Mai, zwei Tage nach der Unterzeichnung der deutschen Kapitulation in Reims, fährt ein amerikanischer Jeep durch das verwüstete München, das zur Geisterstadt erstarrt und fast vollends verstummt ist. Er bewegt sich langsam am rechten Isarufer entlang durch das nordwestliche Stadtgebiet in Richtung des Villenvororts Bogenhausen. In der Poschinger Straße hält er vor einem großen Haus, das erhebliche Bombenschäden zeigt und dessen verwilderter Garten kaum noch ahnen lässt, dass er früher eine parkartige Anlage war. Ein Mann in der Ausgeh-Uniform eines GI steigt aus, wirft seine Mütze auf den Beifahrersitz und bittet den Fahrer, ihn mit seiner *Leica* vor den Stufen der Villa aufzunehmen.

Er geht zur Eingangstüre hinauf und klingelt. Alles bleibt ruhig, und so drückt er ein weiteres Mal auf den Klingelknopf, diesmal etwas länger. Kurz darauf hört er, wie im oberen Stockwerk ein Fenster geöffnet wird. Eine Frauenstimme ruft herunter: „Ja, bitte?" Der Mann in Uniform tritt einen Schritt zurück und sieht nach oben, kann aber niemanden erkennen und ruft zurück: „Mein Name ist Klaus Mann. Ich arbeite beim Military Government in München als Dolmetscher und habe vor dem

7

Krieg hier gewohnt. Ich würde gern einen Blick in die untere Wohnung werfen."

Wenig später hört er jemanden die Treppe herunterkommen und die Türe aufschließen. Vor ihm steht eine junge Frau in einer Kittelschürze, die ihn zunächst etwas fragend ansieht, nach einigem Zögern dann aber doch bereit ist, ihn hereinzulassen. „Ich arbeite hier in der Nähe als Schreibkraft", sagt sie, „und habe, weil das Haus leer stand, zwei Zimmer oben zugewiesen bekommen, die noch einigermaßen bewohnbar sind. Im Krieg haben die Nazis hier auch mal ihren *Lebensborn* untergebracht gehabt, aber die haben alles in total ramponiertem Zustand hinterlassen. Aber schauen Sie sich doch selbst mal um – es ist fast alles ausgeräumt. Sie entschuldigen mich jetzt, ich habe noch zu tun. Wenn Sie dann wieder gehen, ziehen Sie, bitte, einfach die Tür hinter sich zu."

Klaus Mann betritt die Wohnung und nimmt mit atemloser Beklemmung im Wohnzimmer ein paar übrig gebliebene Polstermöbel unter verstaubten Laken wahr. Er sieht die früher randvollen, jetzt fast vollständig geräumten Bücherregale im Arbeitszimmer seines Vaters, hier auch ganz überraschend noch dessen mächtigen Schreibtisch. Die großen Fenster sind blind und lassen kaum einen Blick in den Garten zu, den er als Junge so geliebt hatte. Die *Poschi*, wie die Familie ihr Zuhause liebevoll genannt hatte, war nach mehreren Umzügen für ihn zur emotionalen Heimat geworden. Unwillkürlich muss er an die Zeit zurückdenken, als er zusammen mit seinen Geschwistern und den Kindern des befreundeten Schriftstellers Frank Wedekind als *Bande* den nahegelegenen Herzogpark unsicher gemacht hatte. Einige Episoden aus dieser *Cliquen-Zeit* hatten bei seinem frühen Erstling *Kindernovelle* Pate gestanden. Er muss auch an Bauschan denken, den herrenlosen Hund mit dem treuherzigen Blick, den sein Vater in Bad Tölz aufgelesen hatte und dem er mit seinen Spaziergängen durch die angrenzenden Isarauen ein literarisches Denkmal gesetzt hat. Die Erinnerung an diese Zeit steigt plötzlich in ihm hoch und bewegt ihn für einige Augenblicke zutiefst.

Er tritt an den Schreibtisch, streicht in Gedanken über die früher immer auf Hochglanz polierte, jetzt vom Staub matte Oberfläche und zieht ein paar Schubladen auf. Sie sind leer – bis auf die unterste, in der er ganz hinten einen unscheinbaren Karton entdeckt. Er öffnet ihn und findet darin neben zwei Schriftstücken vier Schreibhefte in Briefbogengröße, wie sie zu seiner eigenen Schulzeit üblich gewesen waren. Zuoberst liegt eine Notiz mit ein paar Zeilen in der Handschrift seines Vaters: *Ergänzungen zu Felix Krull – erhalten am 12. Nov. 1932 von Herrn Friedrich Kronberg / Th.M.* Bei den vier Heften, die jeweils mit Ortsnamen und Jahreszahlen versehen sind, findet er in einem Kuvert, adressiert an seinen Vater, einen handgeschriebenen Brief, der in ordentlicher, gut lesbarer Kurrentschrift abgefasst ist. Er überfliegt ihn und gerät zunehmend ins Staunen.

Berg, den 31ten Oktober 1932

Werter Herr Mann!

Ich habe von einem Ihrer Bekannten, dem Kunstmaler Hermann Ebers aus Seeshaupt, Ihre Anschrift erhalten und wende mich mit einem Angebot an Sie.

Sie werden sich erinnern, daß wir uns im Jahr 1905 erstmals in Biarritz begegnet sind, wo Sie Interesse an den Aufzeichnungen meiner Vita geäußert hatten und ich Ihnen meine Tagebücher übereignet hatte – übrigens gegen ein äußerst moderates Honorar.

Nach meiner Zeit in Biarritz war ich ab 1912 in Bordeaux und ab 1919 in Zürich im Service einiger Hotels angestellt. Jetzt bin ich seit 1925 in der Gastronomie am Starnberger See tätig. In dieser ganzen Zeit habe ich einiges erlebt, was für Sie vielleicht von Interesse sein könnte, und habe meine Niederschriften fortgeführt.

In Zürich habe ich 1923 in einer Buchhandlung zufällig Ihren Roman über Felix Krull entdeckt und darin – mit für mich recht originellen Umbenennungen – meine Vita vom Rheingau über Paris bis Lissabon wiedererkannt. Die amüsante Erzählung endete nach meinem Gefühl leider etwas abrupt und ließ für mich eigentlich eine Fortsetzung erwarten – ich nehme an, auch für manch anderen Leser.

Für den Fall, dass Sie eine solche planen, kann ich Ihnen gerne meine weiteren Aufzeichnungen ab 1904 zur Verfügung stellen. Über das Honorar müsste allerdings noch gesprochen werden. Ich dachte dabei an 2.000 Reichsmark, die ich nach einigen Verlusten während der Inflationszeit dringend benötigen würde. Da Sie, wie ich der Tagespresse entnommen habe, vor drei Jahren den Nobelpreis für Literatur erhalten haben, der ja ganz respektabel dotiert war, dürfte dies für Sie kein größeres Problem sein.

Wenn Sie an meinen Aufzeichnungen interessiert sind, geben Sie mir, bitte, Bescheid an meine derzeitige Arbeitsstelle im Hotel Schloß Berg am Starnberger See und benennen Sie mir einen Ihnen genehmen Termin und Ort für ein Treffen.

Ich hoffe, von Ihnen zu hören, und verbleibe mit besten Empfehlungen

Ihr ergebener Friedrich Kronberg

Zweifellos ist es zu einem einvernehmlichen Gespräch gekommen, sonst wären die Dokumente mit dem Kronberg-Brief und der Aktennotiz von *Th.M.* nicht hier im Schreibtisch abgelegt worden. Ob ein Treffen allerdings hier in München oder in Berg stattgefunden hat, ist nicht notiert, aber ohnehin nicht von Belang. Angesichts des angetroffenen Chaos empfindet Klaus Mann diesen Fund irgendwie als ein tröstliches Zeichen, über das sich vermutlich auch sein Vater freuen würde, und nimmt den Karton an sich, als er die Wohnung verlässt.

In München ist er mit einigen Offizieren der *Army* direkt hinter dem ruinierten Nationaltheater im Hotel *Vier Jahreszeiten* untergebracht, das notdürftig wieder betrieben wird und überwiegend von Alliierten belegt ist. Am Abend nimmt er sich nochmals die Dokumente vor und blättert die vier Hefte durch, die mit *Biarritz 1904*, *Bordeaux 1912*, *Zürich 1919* und *Starnberg 1925* beschriftet sind. Beim wahllosen Lesen einiger Passagen findet er datierte Einträge von Pressemitteilungen, aber auch längere Schilderungen von amüsanten Erlebnissen, überraschenden Ereignissen und abenteuerlichen Fluchtbewegungen, letztere wohl Hauptgrund für wiederholte Ortswechsel. Dies alles scheint ihm für seinen Vater von Interesse zu sein und er beschließt, ihm das Fundstück nach Amerika zuzuschicken.

Am folgenden Tag legt er ein paar Zeilen bei mit der Schilderung, wie er die Aufzeichnungen aufgefunden hat, und verschnürt das Paket. Als Absender vermerkt er seinen Namen mit dem Zusatz *dzt. c/o Hotel Vier Jahreszeiten, München, Maximilianstraße – W-Germany*. Das Ganze adressiert er korrekt an *Mr. Thomas Mann, Pacific Palisades, San Remo Drive Nr. 1550 – USA*. Dort lebt dieser seit 1941 in der Nähe von Los Angeles, nachdem er 1933 mit seiner Frau Katia ins Exil gegangen und über die Schweiz und Frankreich in die USA gelangt war.

Mit der Sendung schickt er seinen Fahrer ins Hauptpostamt, das schräg gegenüber dem Hotel am Max-Joseph-Platz liegt, mit dem Auftrag, es dort aufzugeben. Dabei soll er sich einen Revers gegenzeichnen lassen, mit dem bestätigt wird, dass das Porto mangels deutscher Valuta durch die Münchner Dienststelle der amerikanischen Militärregierung zu begleichen ist. Bei seiner Rückkehr meldet der Dienstgrad, dieses Verfahren sei dort wohl noch nicht recht bekannt gewesen, aber man habe ihn letztlich nach mühsamer Verhandlung ein Formblatt unterschreiben lassen und ihm zugesagt, das gehe so in Ordnung.

Tags darauf verlässt Klaus Mann die *Vier Jahreszeiten* mit dem Auftrag, bei einigen kommunalen Behörden im Umkreis von München als Dolmetscher zur Verfügung zu stehen. Da er keine entsprechende Weisung erhalten hat und an der Rezeption des Hotels auch nicht danach gefragt wird, macht er bei der Abreise keine Angaben zu seinem nächsten Ziel.

Hauptpostamt München

1969

Das vergessene Depot

München leuchtet wieder. Wer zuletzt vor zwei Jahrzehnten noch lange nach Kriegsende die Verwüstungen in der Stadt gesehen hat, kann sich jetzt nur noch verwundert die Augen reiben und fassungslos staunen. Nichts ist mehr von den fürchterlichen Zerstörungen zu sehen, die jüngeren Leuten ohnehin nicht in Erinnerung sind. Es herrscht rege Betriebsamkeit in der Innenstadt, und die Fußgängerzone duldet nur noch die Trambahn. Es sind aber auch wieder tiefe Baugruben und breite Ausschachtungen anzutreffen – man bereitet sich mit Hochdruck auf die Olympischen Spiele vor, die hier in drei Jahren stattfinden sollen.

In den ersten Septembertagen ist Gerhart Scharbeck angereist, ein Journalist aus Hamburg, der im Auftrag eines großen Wochenmagazins über den Fortgang der organisatorischen Planungen und ihrer baulichen Umsetzungen in der Landeshauptstadt berichten soll. Er ist, wie schon bei einigen früheren Einsätzen, in einer kleinen Pension im Glockenbach-Viertel abgestiegen, einem südlich des Zentrums gelegenen Stadtbezirk. Immer, wenn er wiederkommt, ist bei den Wirtsleuten, einem älteren Ehepaar namens Eisenmann, die Wiedersehensfreude groß, weil er für sie ein herzlicher und umgänglicher Gast ist,

14

der immer einiges zu erzählen hat. Er hinwiederum nennt die beiden ebenso liebevoll wie scherzhaft *Philemon* und *Baucis*, weil sie ihn an das klassische alte Liebespaar aus der griechischen Mythologie erinnern.

Neben seinem offiziellen Auftrag will Gerhart Scharbeck während dieses Aufenthalts auch eine private Recherche durchführen, auf deren Spur ihn Katia Mann gebracht hat. Mitte Oktober 1952, beim letzten Besuch des Ehepaars Mann im München, war es ihm mit etwas Glück gelungen, im Hotel *Vier Jahreszeiten* ein Interview mit den beiden zu bekommen. Im Gespräch war beiläufig erwähnt worden, dass Katia 1912 wegen eines allgemeinen Schwächezustands in einem Sanatorium bei Ebenhausen, einem idyllischen Ort im Isartal südlich von München, behandelt worden war, bevor sie unter der Verdachtsdiagnose *Tuberkulose* nach Davos geschickt wurde. Jetzt will der Journalist versuchen, im dortigen Archiv nach Krankenunterlagen zu forschen, um festzustellen, ob diese Krankheit wirklich vorlag oder ob Katia auf Grund einer Fehleinschätzung zur Kur geschickt worden war. In diesem Falle wäre allerdings der *Zauberberg* nie entstanden, weil dann auch die Besuche ihres Mannes in Davos nie stattgefunden hätten und sie ihm nie von der verschworenen Kurgesellschaft *derer dort oben* hätte erzählen, geschweige denn, in ihren Briefen alles über seine späteren Romanfiguren hätte berichten können.

Jeden Morgen legt ihm die Zimmerwirtin die Tageszeitung auf den Frühstückstisch, die er zwischen Kaffee und Körnersemmel durchblättert und sich über die regionalen Neuigkeiten informiert. Eines Morgens entdeckt er eine unscheinbare Notiz, wonach im Hauptpostamt im Zuge von Aufräumungsarbeiten ein bisher verschlossener Kellerraum geöffnet worden sei. Dieser habe in den Nachkriegsjahren offenbar als Depot für unzustellbare Postsendungen gedient und sei schlichtweg in Vergessenheit geraten. Hauptgründe für diese Lagerungen seien fehlende Frankierung, unvollständige Angabe des Absenders oder auch Retouren von nicht ermittelbaren Empfängern gewesen. Eine Liste mit den Namen der Adressaten sei in der Schalterhalle öffentlich ausgehängt.

Mit dem sicheren Instinkt des Jägers wittert Gerhart Scharbeck hier mögliche Beute, die vielleicht einer journalistischen Recherche wert sein könnte. Da er ohnehin ein paar Manuskripte für seine Hamburger Redaktion abzuschicken hat, nimmt er die Tram zum Hauptpostamt am Max-Joseph-Platz und betritt durch den hohen Säulenvorbau das imposante Gebäude, dessen Kolonnade vormals ein herrschaftliches Palais geziert hat. Im Foyer findet er an der Anschlagtafel tatsächlich die alphabetische Auflistung der nicht erreichten Adressaten und bleibt an einem Namen hängen, der ihn schlagartig unter Strom setzt: *Thomas Mann, Pacific Palisades, USA.*

Er begibt sich umgehend zum Amtsraum des Dienststellenleiters, eines gemütlich wirkenden Beamten mit Halbglatze und Schnauzbart, den er beim landesüblichen Zehnuhrfrühstück antrifft. Der lässt den Besucher, ohne sich bei seiner Tätigkeit im Geringsten stören zu lassen, sein Anliegen vortragen und erklärt sich bereit, nach dem letzten Bissen von der Butterbrezen mit ihm in besagten Kellerraum hinunterzusteigen. Dort nimmt er nach kurzem Suchen ein unscheinbares Päckchen vom Format eines großen Schulhefts vom Regal, bläst den Staub weg und liest kurz die Notiz auf dem Aufkleber vor: *Porto: fehlt / Frankierung: von der Dienststelle der Militärregierung abgelehnt / Absender: nicht zu erreichen (Vier Jahreszeiten).*

Gerhart Scharbeck pflichtet ihm bei, auch er halte eine solche Sendung für unzustellbar, und erklärt, Herr Thomas Mann sei zwar 1955 verstorben, aber er kenne die Anschrift der Witwe, die jetzt in der Nähe von Zürich wohne – er könne ihr das Päckchen gerne zuschicken. Der Beamte wirkt ebenso erleichtert wie stolz darauf, das Problem auf diese Weise elegant gelöst zu haben. Im Amtsraum lässt er den Journalisten nach einem Blick in dessen Presseausweis eine Empfangsbestätigung unterschreiben, die ihn zur korrekten Weiterleitung der Sendung verpflichtet. Nach Erlegen einer Gebühr von 24 D-Mark für die Aufbewahrung seit dem Jahr 1945 wird ihm schließlich das Fundstück ausgehändigt, was fast einem feierlichen Übergaberitual gleichkommt.

Der glückliche Empfänger denkt jedoch keineswegs daran, das geheimnisvolle Paket ungeöffnet weiterzuschicken. Zurück in der Pension, löst er noch am gleichen Nachmittag die Verschnürung und findet neben einem Brief von Klaus Mann an seinen Vater und einer Aktennotiz mit dem Kürzel *Th.M.* auch einen Brief, unterzeichnet mit *Friedrich Kronberg*, sowie vier Hefte mit Ortsnamen und Jahreszahlen auf dem Deckblatt. Ihm wird rasch klar, dass es sich hierbei nur um Dokumente handeln kann, die – wenngleich noch unbearbeitet – fast einer literarischen Ausgrabung entsprechen. So beschließt er, das Material nicht gleich weiterzuschicken, sondern es zunächst selbst zu sichten, um entscheiden zu können, ob es für eine Veröffentlichung geeignet sei.

Nach Beendigung seines offiziellen Auftrags, über die Vorbereitungen des Münchner Olympia-Projekts zu berichten, und nach vorläufigem Abschluss seiner privaten Recherchen am Sanatorium Ebenhausen macht sich Gerhart Scharbeck wieder auf den Weg nach Hamburg. Er nimmt sich vor, noch im Herbst die Aufzeichnungen des Friedrich Kronberg durchzuarbeiten und dann das ganze Konvolut seiner Redaktion zur Einsicht vorzulegen. Im Laufe der nächsten Wochen befasst er sich in seinen freien Stunden intensiv mit der Transkription der Texte in den vier Heften und ihrer Übertragung in Maschinenschrift. Sie sind überwiegend in korrekter Kurrentschrift abgefasst, wie sie zum Ende des vorigen Jahrhunderts üblich gewesen war, teilweise aber auch von Elementen der lateinischen Schrift durchsetzt, was ihre Deutung bisweilen etwas mühsam macht. Mit Geduld und Ausdauer gelingt es ihm aber doch, alles in lesbarer Form zu Papier zu bringen. Er ändert nichts am Inhalt und Stil und lässt sprachlich vereinfachte Sätze unverändert stehen. Er nimmt sich aber die kleine Freiheit, im Interesse der inhaltlichen Transparenz jedes der vier Hefte unverbindlich mit einem passenden Obertitel zu versehen. Ob sich aus der Bearbeitung Möglichkeiten zu weiteren Recherchen, vor allem auch zur Suche nach Zeitzeugen ergeben könnten, darüber will er dann im nächsten Jahr entscheiden.

Nach Fertigstellung des Transkripts macht er für sich Kopien vom Brief des Friedrich Kronberg vom Oktober 1932, von Thomas Manns Aktennotiz sowie von Klaus Manns Begleitschreiben und packt sämtliche handschriftlichen Dokumente in den Originalkarton. Diesen versieht er mit der korrekten Adresse von Frau Katia Mann in Kilchberg am Zürichsee. Er fügt ein Schreiben bei mit einer kurzen Schilderung, wie er an dieses außergewöhnliche Fundstück gekommen ist, und fragt dabei höflich an, ob sie mit einer Bearbeitung und – falls geeignet – auch mit einer publizistischen Verwertung einverstanden sei. Vom angefertigten Transkript teilt er ihr nichts mit, um sie mit diesem eigenmächtigen Vorgriff nicht zu irritieren. Vom Postamt gegenüber dem Hamburger Verlagshaus schickt er das wertvolle Paket am 2. Juli 1970 per Einschreiben in die Schweiz ab.

Die Zeit nach Lissabon

1904-32

Heft 1: Biarritz 1904

Die frühen Tagebücher

Mittwoch, den 30ten März 1904

Vor zwei Tagen mit einem kleinen Küstendampfer hier angekommen. Hatte Lissabon verlassen, weil mir bei dem deutschen Professor mit seiner glutäugigen Gattin und seiner sperrigen Tochter allmählich der Boden unter den Füßen zu heiß geworden war. Insbesondere hatte mich die ständige Befürchtung beunruhigt, von der belgischen Adelsfamilie, auf deren Kosten ich ein recht angenehmes Leben geführt hatte, weiter verfolgt zu werden. Man war offenbar dahinter gekommen, daß ich vom jungen Marquis de Beaufort auf sein Angebot hin dessen Identität angenommen hatte, damit er sich in Paris ungestört mit einer leichten Dame vergnügen konnte. Die weitläufigen Reisen, die ich großzügig auf seine Kosten unternehmen konnte, hatte ich zwar genossen, musste mich aber immer wieder auf die Flucht vor den Beauforts begeben.

Bei der Hafenbehörde hier habe ich meine deutschen Ausweispapiere mit dem Eintrag *Friedrich Kronberg* aus *Eltville, Deutschland* vorgelegt und dabei keine

Schwierigkeiten gehabt. Habe gleich gestern eine Stelle als Kellner in einem kleineren Hotel an der Promenade gefunden. Großartiger Seeblick, weiter Strand und frischer Wind, aber noch wenig Gäste, weil die erst zum Saisonbeginn gegen Ende April kommen sollen.

Meinen belgischen Pass mit dem Eintrag *Philippe Marquis de Beaufort, Château Spontin, Belgique* habe ich heute vernichtet, um bei Polizeikontrollen nicht aufzufallen.

Mittwoch, den 14ten September 1904

Zum Sommer hin waren hier alle Hotels voll belegt. Der Ort war früher, wie man mir sagte, ein kleines Fischerdorf gewesen. Seit seine schöne Lage vom Geld und Adel entdeckt worden war, soll er zu den mondänsten Seebädern gehören und Gäste aus aller Welt anlocken. Der Modestil ist ziemlich konventionell, d.h., die Damen tragen Korsett und lange Kleider und dazu breitkrempige Hüte, während die Herren überwiegend in eleganten Anzügen und abends im Frack, einige auch in Uniform oder im sportlichen Reiseanzug auftreten.

Habe viel zu tun gehabt, aber auch einige interessante Leute kennengelernt. Viele waren mit der Eisenbahn angereist und suchten nach Gelegenheiten, auch das reizvolle Umland kennenzulernen. Beim Spaziergang durch den Ort hatte ich einen Garagenbesitzer kennengelernt, der Mietwagen mitsamt Fahrer anbot. Das brachte mich auf die Idee, solchen Gästen Ausflugsfahrten zu vermitteln. Hierzu standen ein paar attraktive amerikanische Limousinen der Marken *Cadillac*, *Packard* und *Oldsmobile* zur Verfügung. Das kam gut an, und die Tagesausflüge ins benachbarte Baskenland waren zunehmend gefragt. Ein beliebtes Ziel war hier vor allem das nahe San Sebastian mit Casino und Burg. Aber auch geführte Exkursionen in urtümliche Dörfer am Fuß der Pyrenäen kamen immer mehr in Mode.

Mit der großzügig kalkulierten Bezahlung war man allgemein einverstanden und empfahl durch begeisterte Erzählungen das Geschäft weiter, an dem ich durch meine Vermittlung sehr angenehm mitverdiente. Meistens waren es begüterte Damen, die sich für solche unterhaltsamen Ausflüge zusammentaten und Wert darauf legten, daß ich sie als persönlicher Betreuer begleitete. Das brachte mir ein zusätzliches Honorar ein, das mein Salaire als Kellner beträchtlich übertraf. Jetzt geht die Saison ihrem Ende zu und ich denke, daß ich trotz meines bescheidenen Grundgehalts dank meiner ansehnlichen Nebenverdienste gut über die Wintermonate kommen werde.

Samstag, den 31ten März 1905

Es war ein nasser, kalter Winter mit häufigen Stürmen, die tageweise auch dichte Schneewolken von den Pyrenäen herübertrieben. Jetzt ist es wärmer geworden, und in den nächsten Wochen soll die Saison wieder beginnen. Habe jetzt eine neue Stelle als Oberkellner in einem weitaus größeren und vornehmeren Hotel in der Mitte der Promenade gefunden, dem *Palais Impérial*. Die Sprachkenntnisse, die ich mir in Paris und Lissabon erworben habe, hatten bei der Einstellung in diese gehobene Position wohl mit den Ausschlag gegeben. Auch mein Wunsch, meine spezielle Gästebetreuung wie bisher auch in der kommenden Saison als Nebentätigkeit fortführen zu dürfen, wurde vom Patron wohlwollend genehmigt. Bin gespannt auf meinen neuen Dienst, den ich übermorgen antreten werde.

Dienstag, den 16ten Mai 1905

Habe vor zwei Wochen ein deutsches Ehepaar kennengelernt, das an den folgenden Tagen regelmäßig zum Nachmittagstee kam. Vorzugsweise saß man auf unserer Seeterrasse, sonst aber, wenn es windig war, im Wintergarten, und bestellte sich zum *Darjeeling* meist eine kleine Schale *Petit fours*. Nach ein paar Tagen sprach mich der Herr an und fragte, wie es komme, dass ich so gut Deutsch spreche. Er selbst sei des Französischen nur wenig mächtig und froh, mich hier getroffen zu haben. Ich erzählte ihm, ich stamme eigentlich aus dem Rheingau, sei aber ziemlich viel herumgekommen und habe zuletzt in Lissabon gelebt. Ich hätte allerlei kuriose Dinge erlebt und darüber auch Tagebuch geführt. Daraufhin fragte er nach meinem Namen und stellte seine

Frau als Katia und sich selbst als Thomas Mann aus München vor.

„Wir haben vor drei Monaten geheiratet", fuhr er fort, „und sind, um indiskreten Pressenotizen zu entgehen, quasi incognito auf Hochzeitsreise. Sie gefallen mir, mein Herr – Sie haben Charisma. Können Sie Ihre Niederschriften morgen einmal mitbringen? Ich bin nämlich Schriftsteller und an solchem Genre interessiert." Anderntags trafen wir uns wieder auf der Terrasse und ich gab ihm drei Hefte mit meinen Aufzeichnungen, die ich seit der Zeit geführt hatte, als ich von zuhause weggegangen war, und die mit meiner Abreise aus Lissabon endeten. Er blätterte darin herum, las hin und wieder ein paar Seiten und musste mehrmals schmunzeln.

Schließlich meinte er, ob ich mir vorstellen könne, ihm diese Dokumente gegen einen angemessenen Preis zu überlassen. Ich war überrascht und bat um einen Tag Bedenkzeit, dachte aber daran, dass meine jetzige Situation ja auf Dauer nicht gesichert und jeder Franc willkommen sei. Zudem war ich ziemlich im Zweifel, ob ich für diese Aufzeichnungen je wieder ein Kaufangebot erhalten würde. Vorgestern wurden wir handelseinig und ich übergab Herrn Mann die Hefte, beschriftet mit *Eltville*, *Paris* und *Lissabon*. Als Honorar erhielt ich tausend Francs und ließ mir mündlich zusichern, daß im Falle einer literarischen Auswertung alle Namen durch Pseudonyme ersetzt würden.

Freitag, den 27ten Oktober 1905

Die Saison ist vorbei und hat mir am neuen Arbeitsplatz finanziell einen respektablen Abschluss gebracht – es war ein richtig gutes Jahr. Die Organisation der Ausflugsfahrten hat sich zum lohnenden Geschäft entwickelt, und es ist zu erwarten, daß dieses Angebot auch im nächsten Jahr mindestens genauso gut angenommen wird. Hierzu mag beitragen, daß Anfang des Jahres das erste Autorennen, die *Tourist Trophy* auf der englischen Insel Man, großes Aufsehen erregt hatte, ebenso auch, daß in Deutschland von einem Künstler namens Herkomer erstmals eine *Tourenwagen-Rallye* veranstaltet worden war. Solche Sensationen waren bei den Gästen beliebtes Tagesgespräch und steigerten, weil dieses Thema als *absolument chic* galt, das Interesse an Automobil-Touren.

Die großzügigen Trinkgelder der Damen, die mir für meine Dienste als begehrter Reisebetreuer manchmal auch Schmuckstücke statt Geld zusteckten, sowie die Courtage des Fuhrparkbesitzers für die Vermittlung seiner Wagen und das Honorar des Schriftstellers aus München haben mir ein angenehmes finanzielles Polster verschafft. Davon habe ich einen größeren Anteil bei der *Banque de France* deponiert und gehe davon aus, daß er dort sicher ist.

Donnerstag, den 4ten Juli 1906

Der April hatte wieder etwas schleppend angefangen. Bei zunehmend stabilerer Wetterlage folgte dann aber ein rasanter Zustrom von Gästen und alles verlief wieder wie im Vorjahr. Tagesgespräch waren dieses Mal die Zeitungsberichte vom gewaltigen Ausbruch des Vesuv Anfang April und, gleich eine Woche darauf, das katastrophale Erdbeben in San Francisco. Dieses Jahr stiegen neben dem üblichen Geldadel auch einige kaiserliche Hoheiten ab, allerdings nicht in unserem Hotel. Hatte alle Hände voll zu tun und bekam deshalb auch nur wenig Prominenz zu Gesicht.

Im Juni half ich zeitweise abends an der Bar aus und lernte dabei einige Besitzer von Yachten kennen, die mich auf die Idee brachten, den zwar nicht sehr sportlichen, aber unternehmungslustigen Gästen kleine Segeltörns zu vermitteln. Dieses Angebot fand rasch Zuspruch, und nach kurzer Zeit galt es bei Damen, die zum Windschutz auf See auf ihre breitkrempigen Hüte nicht verzichten wollten, als besonders *sportif*, diese elegant mit Seidenschals unter dem Kinn zu befestigten. So waren sie auch auf der Promenade schon von weitem als *Seglerinnen* zu erkennen. Dieser neue Erwerbszweig stellte sich für mich rasch als recht lukrativ heraus, sodaß ich mich nicht mehr, wie oftmals früher, auf irgendwelche unsicheren Geschäfte einlassen musste.

Dienstag, den 30ten Oktober 1906

Gestern fand ich in einer deutschen Zeitung, die hier liegen geblieben war, eine Notiz, in Berlin habe sich ein arbeitsloser Schuster namens Voigt beim Trödler die Uniform eines Hauptmanns besorgt, auf offener Straße das Kommando über eine kleine Patrouille bewaffneter Militärs übernommen und mit ihnen das Rathaus eines Bezirks namens Köpenick besetzt. Er habe den Bürgermeister abführen lassen und sich dann mit der Stadtkasse aus dem Staub gemacht. Unsere letzten Gäste waren soeben abgereist, sonst wäre dieser Husarenstreich sofort zum Tischgespräch geworden. So blieb es meiner Sympathie für diesen Hochstapler überlassen, über diese Posse kräftig zu schmunzeln.

Freitag, den 1ten November 1907

Wie bisher gewohnt, verlief auch diese Saison recht angenehm, brachte aber im Vergleich zu den Vorjahren nichts wesentlich Neues. Die Damenwelt war weiterhin um meine Begleitung als Reiseleiter bemüht, wobei es ihr aber, da die wenigen teilnehmenden Herren meist fortgeschrittenen Alters waren, offenbar mehr um den ostentativen Effekt männlicher Präsenz ging als um amouröse Avancen. Letztere vermisste ich kaum, da sich angesichts des gehobenen Reifegrades der Damen deren Verlockungen in Grenzen hielten. Kenne mittlerweile alle Zielorte mit ihren Sehenswürdigkeiten und Gourmet-Lokalen *par coeur* und stelle mit Genugtuung fest,

27

daß manche begeisterten Stammgäste im nächsten Jahr die gleiche Fahrt nochmals machen wollen.

Freitag, den 31ten Juli 1908

Gestern sorgte eine Nachricht für großes Échauffement, daß nämlich die große Automobil-Fernfahrt *New York-Paris*, die Mitte Februar in Amerika gestartet war, vor einer Woche an ihrem Ziel angekommen sei. Die Teilnehmer hätten dabei unglaubliche 23.000 Kilometer zurückgelegt und würden in aller Welt gefeiert. Beim abendlichen Diner waren von Seiten der Herren lautstarke Fachsimpeleien über Automobile zu hören, während die Damen in höchsten Tönen von den *Helden der Piste* schwärmten. Rechne fest damit, daß nach dieser aufregenden Abenteuergeschichte meine Ausflugstermine in nächster Zeit ausgebucht sein werden, wie dies ja auch nach den ersten Autorennen vor drei Jahren der Fall gewesen war.

Montag, den 2ten August 1909

Vor zwei Tagen traf die Nachricht ein, ein Franzose namens Louis Blériot habe vor einer Woche mit einem Motorflugzeug erstmals den Ärmel-Kanal überflogen. Für die 36 Kilometer lange Strecke habe er knapp eine halbe Stunde gebraucht und die Landung im hügeligen Gelände bei Dover trotz leichter Beschädigungen an seinem Eindecker unversehrt überstanden. Diese Heldentat brachte ihm ein Preisgeld von 25.000 Francs ein und machte ihn über Nacht zum Nationalhelden. Das epochale Ereignis beherrschte noch für Tage die Gespräche der Hotelgäste und versetzte sie bei Champagner-Entrées und Tanz-Soiréen in Hochstimmung.

Donnerstag, den 19ten Mai 1910

Gestern war eine gewisse Unruhe unter den Gästen zu spüren, weil von der Presse angekündigt war, der Halleysche Komet habe seit 75 Jahren wieder seine größte Erdnähe erreicht und werde angeblich sogar mit bloßem Auge zu erkennen sein. Diese Naturerscheinung gab allerdings weniger Grund zur Besorgnis als vielmehr eine kuriose Vorhersage, wonach es dabei zu größeren Katastrophen bis hin zum Weltuntergang kommen könne. Nach dem Souper versammelte man sich gegen Mitternacht in dicken Mänteln auf der Hotelterrasse und blickte zum Sternenhimmel hinauf. Dort war aber kein Komet zu sehen, auch nicht einmal sein Schweif, und auch Katastrophen traten nicht ein. Als sich die Gäste spät in der Nacht zurückzogen, wirkten einige etwas enttäuscht, die meisten aber sichtlich erleichtert.

Mittwoch, den 19ten April 1911

Das vergangene Jahr war trotz zahlreicher politischer Veränderungen in aller Welt ruhig verlaufen. Man fühlte sich hier wie in einer beschützten Oase, der die Stürme der Wüste rings herum nichts anhaben konnten.

Die Saison hatte jetzt gerade wieder anzulaufen begonnen, als mit den ersten Hotelgästen die Nachricht eintraf, vor einer Woche sei einem jungen Franzosen namens Pierre Prier der erste Nonstop-Flug von London nach Paris geglückt, und zwar mit einem Blériot-Eindecker und ohne Zwischenlandung. Für die 400 Kilometer lange Strecke habe er knapp vier Stunden benötigt und damit einen Rekord aufgestellt. Auch die danach anreisenden Gäste steuerten hierzu voller Begeisterung weitere Einzelheiten bei, und die Franzosen unter ihnen wirkten tagelang wie berauscht in ihrem Nationalstolz.

Donnerstag, den 12ten Oktober 1911

Mitte August waren erstmals und völlig überraschend mehrere Hoteldiebstähle am Ort angezeigt worden. Die betroffenen Hotels wurden umgehend von zwei eigens angereisten Kommissaren durchsucht und die Angestellten eingehend verhört. Tatsächlich wurden einzelne der als verschwunden gemeldeten Schmuckstücke bei Bediensteten gefunden, sodaß es auch zu einigen Verhaftungen kam.

Auch an unserem Haus wurden Nachforschungen angestellt und die Unterkünfte durchstöbert. Ich hatte dabei zunächst keinerlei Befürchtungen, bekam aber einen gehörigen Schreck, als man in meinem Schrank mehrere Preziosen fand, die mir einige Damen an Stelle von Bargeld als Entgelt für meine Dienste als Reisebegleiter übereignet hatten. Trotz meiner Beteuerung, dies seien persönliche Zuwendungen, nahm man mich mit und steckte mich in Untersuchungshaft. Am nächsten Tag musste man mich aber wieder frei lassen, weil keines der bei mir gefundenen Schmuckstücke als Diebesgut gemeldet worden war.

Dieses Erlebnis versetzte mir einen tiefsitzenden Schock. Obwohl unschuldig, hatte ich das Gefühl, daß mich auch die Vorgesetzten im Hotel fortan argwöhnisch beobachteten und mir offenbar nicht mehr recht trauten. Noch größere Sorgen machte mir aber der Gedanke, daß ich mittlerweile von den Rücklagen aus meinen Nebeneinnahmen eine stattliche Summe auf der *Banque de France* deponiert hatte, ohne sie bisher der Finanzbehörde gemeldet zu haben. Wenn im Rahmen der jetzigen Ermittlungen auch diesbezüglich polizeiliche Nachforschungen angestellt würden, könnte mir vielleicht auch an diesem schönen Ort der Boden unter den Füßen zu heiß werden.

Werde in nächster Zeit wohl gründlich über die nahe Zukunft nachdenken müssen, wobei als sinnvollste Möglichkeit ein baldiger Ortswechsel zu erwägen ist. Die Frage ist nur, ob innerhalb von Frankreich oder auch außerhalb des Landes.

Heft 2: Bordeaux 1912

Landpartien und Razzien

Dienstag, den 27ten Februar 1912

Habe beschlossen, Biarritz im März zu verlassen und nach Bordeaux umzuziehen. Um weiteren Recherchen der Polizei zu entgehen, habe ich im Hotel angekündigt, daß ich nach Luxemburg reisen werde. Bevor ich mich in Bordeaux auf Stellensuche mache, werde ich meinen Namen ändern und mir einen neuen Pass besorgen. Mit dem werde ich ein neues Konto für das reguläre Salaire eröffnen, das ich offiziell der Finanzbehörde melden werde. Das alte Konto auf den Namen *Kronberg* werde ich bei der großen *Banque de France* belassen und weiterhin reservieren für Nebeneinkünfte und Rücklagen, die ich dem Fiskus gegenüber nicht angebe. Dies scheint hier ohnehin ein durchaus verbreiteter Usus zu sein.

Freitag, den 8ten März 1912

Bin vor einer Woche mit der Eisenbahn in Bordeaux angekommen und habe gleich eine kleine Pension am Rand der Altstadt gefunden. In den ersten Tagen machte ich bei prächtigem Wetter ausgedehnte Spaziergänge zur Erkundung der Stadt. Bürgerlich-großstädtisches Flair, ab und zu auch schon Touristen. Entlang der Boulevards lichte Alleen von mächtigen Platanen, die gerade auszutreiben beginnen. Im Zentrum am linken Ufer der Garonne befinden sich einige recht ansehnliche Hotels sowie ein großes, herrschaftlich wirkendes Theater, an der mondänen *Place de la Bourse* mehrere Banken. Flussabwärts an der breiten Mündung zum Meer hin liegt ein großer Seehafen.

Habe gleich nach Ankunft der sehr betulichen Zimmerwirtin mitgeteilt, mir sei der Pass abhandengekommen, und gefragt, wie denn ein neuer rasch zu beschaffen sei. Sie meinte, dies könne bei der offiziellen Meldebehörde geschehen, dauere aber meist einige Zeit. Falls es eilig sei, gäbe es aber auch eine andere Möglichkeit, die rascher, aber auch etwas kostspielig sei. Als ich Interesse zeigte, schob sie mir im Tausch gegen eine paar Franc-Noten einen Zettel mit einer Adresse in der Nähe des Bahnhofs zu. Dort traf ich in einer Kellerwerkstatt einen freundlichen älteren Herrn an, der hauptberuflich alte Gemälde in Kupferstiche umsetzte. Ohne weiter nachzufragen, war er bereit, mir gegen ein angemessenes Honorar einen belgischen Pass auf den Namen *Fernand Corbeau* aus *Namur* anzufertigen.

Konnte ihn heute abholen und damit bei einem kleineren Bankhaus an der *Place de la Bourse* mit einer ersten Einlage ohne Probleme ein Konto eröffnen. Auf dieses werde ich mein laufendes Gehalt und einen kleinen Teil meiner Trinkgelder einzahlen, meine nicht-deklarierten Rücklagen aber bei der vis-à-vis liegenden *Banque de France* belassen.

Dienstag, den 2ten April 1912

Nach Vorstellung in einigen Häusern wurde mir von einem renommierten Hotel die Stelle eines Oberkellners angeboten, die ich gestern angetreten habe. Die Saison, zu der hauptsächlich Gäste aus Paris und London erwartet werden, beginnt erst in den nächsten Tagen, sodaß ich mit einer recht geruhsamen Einarbeitung rechnen kann.

Mittwoch, den 10ten April 1912

Noch gegen Ende des Vorjahres war in Biarritz die Nachricht eingetroffen, der norwegische Polarforscher Amundsen habe Mitte Dezember als erster Mensch den Südpol erreicht. Dies hatte seinerzeit vor Ort kaum Aufsehen erregt, weil keine Gäste mehr da waren. Sein Konkurrent, ein Brite namens Scott, war über eine andere Route erst vier Wochen später am Pol eingetroffen. Wie jetzt gemeldet wurde, kam er auf dem Rückweg Ende März in einem Schneesturm ums Leben. Die ersten Gäste, die soeben aus England eintrafen, waren als glühende Nationalisten von diesem tragischen Ausgang äußerst betroffen und erst nach einigen Tagen wieder besserer Stimmung.

Mittwoch, den 17ten April 1912

Wie ein Donnerschlag traf gestern die Nachricht ein, der neue britische Luxusdampfer *Titanic* sei auf seiner ersten Atlantik-Passage von Southampton nach New York vor drei Tagen gegen Mitternacht bei Neufundland mit einem Eisberg kollidiert und gesunken. Unter den Hotelgästen herrschte große Aufregung und es kam mehrfach zu panikartigen Szenen bei denen, die unter den Opfern Angehörige vermuteten. Es wird wohl noch die ganze Woche dauern, bis sich die Gemüter beruhigt haben werden und der Hotelbetrieb wieder in ruhigeren Bahnen läuft.

Donnerstag, den 30ten Mai 1912

Wie die Tageszeitung berichtet, sei vor einer Woche in Hamburg die *Imperator* vom Stapel gelaufen, die als der bisher größte aller Überseedampfer die Ausmaße der *Titanic* fast um das Doppelte übertreffe. Der Schock über deren tragischen Untergang wenige Wochen zuvor scheint überwunden, denn die überschwängliche Begeisterung über diesen neuen Superlativ beherrscht die Tagesgespräche und verdrängt die Erinnerung.

Freitag. den 5ten Juli 1912

Nach dem etwas turbulenten Auftakt der Saison ist wieder Ruhe eingekehrt und die Gäste vergnügen sich mit Kutschfahrten durch die Stadt, als Spaziergänger auf den Promenaden, bei Standkonzerten in den Parks, mit Glücksspielen in den Casinos und mit Theaterbesuchen.

Im Hotel wird zum Nachmittagstee mit großem Eifer *Auktion-Bridge* gespielt, und zwar in den üblichen Vierergruppen und an bestimmten Tagen auch in Form eines offenen Turniers. Habe mir aus Neugier ein kleines Büchlein mit den Regeln besorgt und ahne mittlerweile, warum dieses Kartenspiel für viele so faszinierend ist. Während des Servierens bekomme ich oftmals die speziellen Ausdrücke mit, die bei der Eröffnung, beim Reizen und bei den verschiedenen Ansagen fallen, und lese sie spätabends im Kompendium nach. Inzwischen kenne ich ein paar Spielzüge und lasse mir bisweilen einige davon nach Spielende von den Damen erklären. Diese sind in der Regel von meinem Interesse sehr angetan und wetteifern damit, mir nützliche Tricks zu verraten, während die wenigen Herren dabei eher schweigsam und zurückhaltend sind.

Mittwoch, den 24ten Juli 1912

Habe durch meine Bridge-Kontakte mittlerweile einen kleinen Kreis von Ehepaaren kennengelernt, überwiegend aber allein reisende Damen, die Interesse äußerten, gelegentlich auch die nähere Umgebung der Stadt kennenzulernen. Dies brachte mich auf die Idee, wie bereits in Biarritz Automobil-Exkursionen zu vermitteln. Als nächstgelegenes Ziel bot sich die *Große Düne* in der Bucht von Arcachon an, die als größte Wanderdüne Europas gerühmt wird und mit über hundert Metern Höhe und fast drei Kilometern Länge eine echte Touristenattraktion ist. Mein Vorschlag fand lebhafte Zustimmung, und ich setzte mich umgehend mit einer Garage in Verbindung, die mit einem Transparent *Voitures &*

Conducteurs Werbung machte. Anfang August startete der erste Convoi mit vier Automobilen in Richtung Arcachon, wo die Ausflügler von der *Grande Dune* ebenso begeistert waren wie von der anschließenden Einkehr in einem urigen Fischlokal mit ländlicher Küche. Die Berichte darüber machten rasch die Runde und es folgten, oftmals sogar drei Mal die Woche, weitere Exkursionen, denen auch der Hoteldirektor als werbewirksamem Angebot wohlwollend zustimmte.

Sonntag, den 12ten Januar 1913

Nachdem die letzten Touristen Ende Oktober abgereist waren und nur noch die Gastronomie für Tagesgäste geöffnet blieb, trat eine ruhigere Zeit ein. Diese nutze ich, um verschiedene Casinos der Stadt kennenzulernen. Dank der Courtage aus den Exkursionen hatte ich stattliche Rücklagen gewinnen können, sodaß ich meine bisher noch wenig professionellen Roulette-Kenntnisse von Lissabon und Biarritz zunächst nur beobachtend, dann aber bald auch aktiv und mit Erfolg anwenden konnte. Alle Gewinne wanderten stets umgehend auf mein *Kronberg*-Konto, während mein *Corbeau*-Konto einen deutlich bescheideneren Stand aufweist, wie ihn meine beruflichen Einkünfte erwarten lassen.

Gehe ab und zu ins Theater und komme dort durch zufällige Plaudereien mit dem hiesigen Großbürgertum in Kontakt, ohne allerdings darin wirklich Fuß zu fassen. Treffe gelegentlich einige dieser Herrschaften bei Casino-Besuchen wieder und beobachte ihre Strategien beim Roulette, wann und wie sie *Rouge* oder *Noir*, *Pair* oder *Impair*, *Manque* oder *Passe* einsetzen, oder welche besondere Regeln es bei *Zéro* gibt. Ein System kann ich dabei bisher nicht erkennen, habe aber schon einen gewissen Instinkt entwickelt und einige einträgliche Erkenntnisse gewinnen können.

Samstag, den 23ten August 1913

Habe heute aus Tischgesprächen erfahren, daß vor einer Woche bei der amerikanischen Firma *Ford* in Detroit die Herstellung von Automobilen mittels *Fließband* begonnen hat. Große Begeisterung bei den Hotelgästen. Das erste Modell sei ein *Model T* und werde vielleicht bald auch hier zu haben sein.

Donnerstag, den 16ten Oktober 1913

Allgemeines Tagesgespräch heute: Letzte Woche wurde der *Panama*-Kanal durch Mittelamerika fertiggestellt. Verbindet den Atlantik mit dem Pazifischen Ozean und soll nächstes Jahr voll befahrbar sein. Man rechnet sich jetzt schon aus, daß der verkürzte Seeweg für die Handelsschifffahrt Riesengewinne einbringen werde, und denkt bereits an frühzeitige Spekulationsgeschäfte.

Mittwoch, den 18ten Februar 1914

Man spricht davon, daß sich vor einer Woche zwei Dreierbündnissysteme gebildet haben: Deutschland mit

Österreich-Ungarn und Italien sowie Großbritannien mit Frankreich und Russland. Ob das wirklich etwas Gutes bedeutet, daran habe ich meine Zweifel. Bemerke allerdings eine auffallende Schweigsamkeit und viel Tuscheleien unter den Herren, die sich sonst immer sehr lautstark zur Politik äußern.

Montag, den 29ten Juni1914

Gestern ging über den Hotel-Telegraphen eine Katastrophenmeldung ein: Das Thronfolgerpaar der Donaumonarchie, Erzherzog Franz Ferdinand von Österreich, und seine Gattin, Erzherzogin Sophie von Hohenberg, seien in Sarajevo von einem bosnischen Attentäter erschossen worden. Große Aufregung unter den Hotelgästen, vor allem unter den wenigen österreichischen und deutschen, aber auch die Franzosen scheinen beunruhigt.

Samstag, den 1ten August 1914

Neues Katastrophen-Telegramm: Österreich-Ungarn erklärt den Serben den Krieg, ebenso die verbündeten Deutschen den Russen. Große Aufregung im Haus, einige Gäste denken an Abreise.

Donnerstag, den 6ten August 1914

Frage jetzt täglich gleich morgens an der Rezeption nach neuen Nachrichten. Heute wurde gemeldet, Deutschland sei vor zwei Tagen in Belgien einmarschiert, obwohl dies ein neutrales Land sei. In Lothringen hätten deutsche Truppen die Franzosen rasch zurückgedrängt. Alles spricht vom Beginn eines deutschen Westfeldzuges. Habe bemerkt, daß immer mehr Gäste die Tische wechseln und sich nach Nationalitäten zusammentun. Offenbar machen sie das, um ungestört über die politische Entwicklung sprechen zu können. Die Franzosen sind in der Überzahl, gefolgt von den Engländern, den Deutschen und den Österreichern. Am kleinsten ist der Russentisch.

Dienstag, den 1ten September 1914

Neues Telegramm: Beim Ostfeldzug Ende August hätten die Deutschen unter Oberbefehlshaber Hindenburg nach mehrtägigen Kämpfen den Russen bei Tannenberg eine vernichtende Niederlage bereitet. Gehobene Stimmung bei den letzten deutschen Gästen, Schweigsamkeit bei den wenigen noch anwesenden Russen.

Mittwoch, den 4ten November 1914

Habe festgestellt, daß nicht nur im eigenen Haus, sondern auch in mehreren Cafés der Innenstadt viel *Auktion*-Bridge gespielt wird, bei dem der *Dummy* versteigert wird. Meistens sehe ich dabei Damen, die ihrer Mode nach ganz offensichtlich gehobenen Kreisen angehören. Habe mir jetzt ein ausführlicheres Kompendium zum Selbststudium besorgt und will während der Wintermonate an einem Bridge-Kurs in einem privaten Club teilnehmen.

Donnerstag, den 29ten April 1915

Die Zeitung berichtet, die Deutschen würden im belgischen Ypern seit einer Woche erstmals Giftgas einsetzen und damit gegen das Völkerrecht verstoßen. Das habe bei den Alliierten, die darauf nicht vorbereitet waren und keine Schutzmasken hatten, eine riesiges Desaster ausgelöst. Große Empörung unter den Hotelgästen, offene Kritik an Deutschland.

Dienstag, den 8ten Mai 1915

Eilmeldung per Telegramm: Das deutsche Unterseeboot *U 20* habe gestern südlich von Irland den britischen Passagierdampfer *Lusitania* versenkt. Angeblich seien ohne Wissen der Passagiere große Mengen an Munition mittransportiert worden. Dabei habe es fast 1.200 Tote gegeben. Allgemeine Bestürzung unter den Gästen, die über den Geheimtransport der Briten entrüstet sind.

Freitag, den 14ten Mai 1915

Habe vorgestern mit dem Inhaber einer Großgarage die Anmietung von Automobilen mit Fahrer vereinbart. Plane Exkursionen für Hotel-Gäste wie in Biarritz, bevorzugt zu den Weingütern der näheren Umgebung.

Dienstag, den 8ten Juni 1915

Gestern bei angenehmem Wetter erster Ausflug mit drei Personenwagen nach Saint Émilion. Die Weinproben bei drei Winzern einschließlich einfacher Verköstigung mit Brot und Käse wurden mit Begeisterung angenommen. Mit der von mir vorgeschlagenen Honorierung war man voll einverstanden. Nach dieser erfolgreichen Première werde ich mich nach weiteren Weingütern in der Aquitaine um Bordeaux umsehen.

Donnerstag. den 22ten Juli 1915

Weiterhin reges Interesse an Exkursionen zu den Winzern der Region. Sie finden jetzt wöchentlich statt, manchmal sogar ein zweites Mal. Am besten kam die Weinprobe auf *Château d'Yquem* in Sauternes an, wohl auch wegen der gehobenen Gastronomie.

Mittwoch, den 1ten September 1915

Gesten fand völlig überraschend im Hotel eine Razzia durch die örtliche Polizei statt. Offenbar wurde hauptsächlich nach deutschen Gästen gefahndet, vielleicht weil man nach Staatsfeinden oder Spionen suchte. Vor allem wurde auch die Nationalität der Angestellten gründlich überprüft, wobei ich mir keine Sorge machen musste, als Deutscher erkannt zu werden. Denn hier erwies es sich als äußerst günstig, daß ich meinen belgischen Pass mit dem Namen *Fernand Corbeau* vorlegen konnte. Hilfreich war offenbar auch, daß der leichte Akzent in meinem Französisch als *Accent belge* gedeutet wurde. Hatte die Unterlagen für mein großes *Kronberg*-Konto im doppelten Boden meines Reisekoffers versteckt, ebenso meine Aufzeichnungen. Dort war alles gut untergebracht und wurde bei der Inspektion des Zimmers nicht entdeckt.

Samstag, den 21ten Januar 1916

Vor drei Tagen berichtete die Tageszeitung, ein Reisezug, der *Balkan-Express*, sei Mitte Januar erstmals von Berlin über Prag, Wien und Sofia nach Konstantinopel durchgefahren. Das sei dadurch möglich geworden, daß die Mittelmächte im vergangenen Herbst Serbien erobert hätten. Dominierendes Tagesgespräch für die Hotelgäste, die diese Pionierleistung als echte Sensation feiern und an eine spätere Mitreise denken. Für alle offenbar eine willkommene Ablenkung von den fast täglich eintreffenden deprimierenden Kriegsberichten.

Montag, den 6ten März 1916

Vor zwei Wochen meldeten die Zeitungen, die deutschen Truppen hätten an der Maas mit einer massiven Beschießung der Festung von Verdun begonnen. Unter den französischen Gästen, die vorwiegend aus Paris kommen, sind einige altgediente Militärs, die das Festungszentrum genauer kennen und die Befürchtung äußern, daß sich hieraus ein langwieriger Stellungskrieg entwickeln könne.

Montag, den 3ten April 1916

Habe vorgestern meine Arbeitsstelle gewechselt und bin jetzt in einem der größeren Hotels der Innenstadt beschäftigt, dem *Intercontinental*. Vornehmes Établissement mit eigenem Bridge-Séparé, das durch diverse örtliche Clubs voll ausgebucht ist. Bin hier jeden Nachmittag für den Service zuständig, weil der Patron erfahren hat, daß ich von diesem Kartenspiel einiges verstehe. Weil ich die Regeln kenne, weiß ich immer den richtigen Zeitpunkt, um Bestellungen aufzunehmen und zu servieren.

Habe neuerdings bemerkt, daß die Hausgäste im großen Speisesaal jetzt ausnahmslos nach Nationalität zusammensitzen. In der Zeit vor Ausbruch des Krieges war dies nie so offensichtlich festzustellen gewesen.

Freitag, den 1ten Juni 1916

Gestern ging ein Telegramm ein, vor zwei Tagen habe in der Nordsee am Skagerrak vor Dänemark eine heftige Seeschlacht zwischen der deutschen und der britischen Hochseeflotte stattgefunden, die mit einem Patt geendet habe. Die Gäste an den Englischen Tischen sind entsetzt über den hohen Verlust von über 6.000 britischen, die am einzigen Deutschen Tisch von über 2.500 eigenen Seeleuten. Diese Katastrophe ist für mich erneut eine erschreckende Bestätigung für den zynischen Irrsinn solcher Schlachten.

Donnerstag, den 15ten Juni 1916

Gestern fand die erste Exkursion des Jahres zu den Weingütern statt, und zwar mit vier Automobilen. Dieses Mal ging es zu Weinproben in die südöstlichen Regionen Aquitaniens, wobei der Besuch von *Château Turcaud* in Sauve-la-Majeure die Teilnehmer am meisten begeisterte und tagelang Tischgespräch war.

Sonntag, den 2ten Juli 1916

Heute früh telegraphische Meldung: Trotz einer Großoffensive mit mehrtägigem Trommelfeuer auf die deutschen Stellungen an der Somme ist den Franzosen und Briten gestern der erhoffte Durchbruch nicht gelungen. Tiefe Bestürzung an den Englischen Tischen über den britischen Tagesverlust, der auf über 50.000 Gefallene geschätzt wird. Für mich eine unfassbare Nachricht, die mich zutiefst betroffen macht.

Mittwoch, den 6ten September 1916

Heute Vormittag erneute Razzia, bei der neben einigen Gästen auch wieder das Personal kontrolliert wurde. Dieses Mal wurde ich besonders wegen der Exkursionen zu den Weingütern überprüft und hartnäckig nach Gewinnbeteiligungen befragt. Habe nur mein *Corbeau*-Konto vorgelegt, das neben dem regulären Gehalt nur kleinere Beträge aufwies, die als Trinkgelder deklariert waren. Das Verhör wurde schließlich eingestellt, nachdem mein Patron mir zur Seite sprang. Er versicherte nämlich, diese Tagesausflüge würden in erster Linie zur Unterhaltung der Gäste veranstaltet und gelten als erwünscht im Interesse des Hauses. Zum Schluss Inspektion meines Zimmers im Dachgeschoß, wobei man nur Kleiderschrank und Matratze gründlich durchsuchte. Dagegen wurde mein Reisekoffer mit dem doppelten Boden, weil er leer zu sein schien, nicht weiter beachtet.

Mittwoch, den 22ten November 1916

Morgentelegramm: Gestern verstarb der österreichische Kaiser Franz-Joseph nach fast siebzigjähriger Regentschaft und seit fast fünfzig Jahren auch König von Ungarn. Knapp zwei Jahrzehnte zuvor hatte er seine Frau, die Kaiserin Elisabeth, durch das Attentat eines Fanatikers mit einer Stichwaffe verloren. Große Anteilnahme bei den Hotelgästen, vor allem an den Tischen der Österreicher und Deutschen, nur maßvolle Reaktion bei Franzosen und Briten.

Sonntag, den 17ten Dezember 1916

Frühmorgens traf ein Telegramm ein: Gestern erfolgreiche Offensive der Franzosen bei Verdun am Ostufer der Maas. Nach zehn Monaten Belagerung wurden die deutschen Truppen zurückgedrängt. Die Nachricht löste ein allgemeines Aufatmen bei den Hotelgästen aus. Insbesondere an den Franzosentischen zeigte sich große Erleichterung darüber, daß diese unmenschliche Materialschlacht mit einem unvorstellbaren Massensterben zu

Ende ist. Die Verluste beider Gegner werden jeweils mit weit über 300.000 eingeschätzt.

Montag, den 26ten Januar 1917

Vergangene Woche berichtete der *Figaro*, der hier täglich aufliegt, der deutsche Jagdflieger Manfred von Richthofen sei von Kaiser Wilhelm II. mit dem Orden *Pour le mérite* geehrt worden dafür, daß er sechzehn feindliche Flugzeuge abgeschossen habe. Sein roter Doppeldecker habe ihm den Beinamen *Der Rote Baron* eingetragen. Diese Nachricht wurde von den wenigen Deutschen, die zu dieser Jahreszeit noch im Hause waren, mit einem gewissen Stolz, von den Briten, die durch ihn bittere Verluste erlitten hatten, mit sichtlicher Verärgerung aufgenommen. Empfinde es als blanken Hohn, daß die Flugzeugtechnik, die vor wenigen Jahren noch wegen kühner Pionierleistungen bejubelt worden war, jetzt zur tödlichen Waffe geworden ist.

Montag, den 9ten April 1917

Die Zeitungen berichten, vor drei Tagen habe Präsident Wilson den Kriegseintritt Amerikas verkündet und Deutschland den Krieg erklärt. Unter den wenigen frühen Gästen, die bereits im Hause sind, gibt es keine Deutschen. Nehme diesen weiteren Kriegseintritt mit wachsender Sorge zur Kenntnis.

Donnertag, den 3ten Mai 1917

Habe nach längeren Vorbereitungen letzte Woche mit der Organisation von offenen Bridge-Turnieren begonnen, die vorerst zweimal pro Woche stattfinden sollen. Bereits die erste Veranstaltung war sehr gut besucht gewesen, ebenso heute die zweite, sodaß die Einnahmen aus den Nenngeldern recht befriedigend waren. Die meisten der Teilnehmer sind Damen aus Bordeaux, von denen ich einige bereits von kleineren Turnieren her kenne, an denen ich in den Cafés der Innenstadt im Winter teilgenommen hatte.

Mittwoch, den 20ten Juli 1917

Die Presse meldet, daß seit einer Woche der Luftkrieg mit Langstrecken-Bombern von Seiten der Deutschen deutlich zunehme, die eigens dafür große Doppeldecker gebaut hätten. Aber auch die Briten und Franzosen würden vermehrt mit Bombenflugzeugen aufrüsten. Diese Entwicklung ruft bei allen Hotelgästen spürbare Besorgnis hervor.

Freitag. den 3ten August 1917

Große Schlagzeile: Nach langer Belagerung haben Franzosen und Briten die belgische Stadt Ypern von den deutschen Truppen befreit, die vor drei Monaten hier erstmals Kampfgas eingesetzt hatten. Die Folgen waren seinerzeit verheerend gewesen, weil die Alliierten nicht mit Gasmasken ausgestattet waren. Durch den Rückzug aus dieser Stadt werden die deutschen Truppen an ihrem Plan gehindert, die Kanalküste zu erreichen. Zufriedene Reaktionen an den englischen ebenso wie an den französischen Tischen. Seit April sind keine deutschen Gäste mehr angekommen.

Mittwoch, den 29ten August 1917

Kurzer Artikel in der Tageszeitung: Vor vier Tagen wurde in Wilhelmshaven ein Prozess gegen Matrosen der deutschen Hochseeflotte beendet, die seit der Seeschlacht gegen die Briten am Skagerrak seit einem Jahr nicht mehr ausgelaufen ist. Die Männer hatten sich mit einem Aufstand für einen raschen Friedensschluss eingesetzt. Nach der Urteilsverkündung wurden zwei ihrer Rädelsführer erschossen. Habe das Gefühl, daß mittlerweile immer mehr Zweifel aufkommen angesichts der Aussichtslosigkeit dieses Krieges.

Montag, den 22ten Oktober 1917

Kurze Zeitungsnotiz: Die bekannte niederländische Tänzerin Mata Hari wurde vor einer Woche von einem Exekutionskommando im Wald von Vincennes erschossen. Wegen ihrer exotischen Darbietungen hatte sie Zugang sowohl zu deutschen als auch französischen Militärkreisen gehabt. Vor drei Monaten war sie wegen Spionage für Deutschland von einem französischen Gericht zum Tode verurteilt und seither in Paris in Haft gehalten worden. Da fast keine Hausgäste mehr da sind, erregte die Nachricht von ihrer Exekution nur beim Hotelpersonal einiges Aufsehen, zum einen aus Sympathie zu der schönen Dame, zum anderen, weil dieser Eklat ein peinliches Licht auf die französischen Militärs wirft.

Samstag, den 27ten Oktober 1917

Der *Figaro* berichtet, seit vergangenem Sonntag würden erstmals amerikanische Truppen in Lothringen im Gebiet der Mosel eingesetzt. Sie seien zwar schon Anfang Juni an der französischen Küste gelandet, vorerst aber den alliierten Truppen unterstellt worden. Da noch keine Erfolge gemeldet wurden, zeigen sich die wenigen verbliebenen Hausgäste von dieser Meldung kaum berührt.

Mittwoch, den 5ten Dezember 1917

Heute früh ging die Nachricht ein, daß am vergangenen Sonntag die zahllosen Schlachten im norditalienischen Isonzo-Tal mit einem fragwürdigen Sieg der mit Österreich-Ungarn verbündeten Deutschen über die Italiener zu Ende gegangen seien. Beide Seiten hätten in dem dramatischen Stellungskrieg erhebliche Verluste erlitten. Für mich ein weiteres trauriges Beispiel für Wahnsinn und Hoffnungslosigkeit in diesem Krieg.

Dienstag, den 15ten Januar 1918

Der *Figaro* berichtet, daß Präsident Wilson vergangene Woche vor dem amerikanischen Kongress einen Vierzehn-Punkte-Plan zu den Kriegszielen und Friedensbedingungen der europäischen Bündnispartner verlesen habe. Anlass dazu sei die Uneinigkeit in der *Entente* der Franzosen, Briten und Italiener, die sich Ende des Monats in Versailles treffen wollen. Dieses Vorhaben lässt mich ein wenig hoffen, obwohl damit ein wirkliches Ende des Krieges noch lange nicht abzusehen ist.

Mittwoch, den 6ten Februar 1918

Die Tagespresse berichtet, das Treffen der Generäle und Staatsoberhäupter in Versailles sei nach Erörterung des Wilson-Plans ohne Ergebnis geblieben. Österreich und Ungarn hätten wegen einer landesweiten Hungersnot diesem Vorschlag schon wenige Tage später zugestimmt, während Deutschland mit der Verlegung seiner Truppen von Russland zur Westfront den Krieg fortführen will. Für mich eine deprimierende Nachricht, die ein Kriegsende weiterhin nicht in Sicht kommen lässt.

Montag, den 25ten März 1918

Früh-Telegramm: Vorgestern wurde morgens in Paris nach einigen Einschlägen Fliegeralarm gegeben. Da keine Flugzeuge zu entdecken waren, stellte man fest, daß es sich nicht um Bomben, sondern um deutsche Ferngeschütze neuartigen Großkalibers handelte, die den ganzen Tag über aus einer Entfernung von 120 Kilometern abgeschossen wurden. Einige Hotelgäste aus Paris, die bereits kurz zuvor angereist waren, sind darüber entsetzt, aber auch froh, nicht dort gewesen zu sein.

Dienstag, den 2ten April 1918

Der *Figaro* meldet, eine Großoffensive der Deutschen bei Arras, die dem Eingreifen der Amerikaner zuvorkommen soll, sei nach Anfangserfolgen am Wochenende vor Amiens zum Stehen gekommen und somit fehlgeschlagen. Die französischen Gäste sind sichtlich erleichtert und äußern hoffnungsvoll, dies könnte die letzte größere Kampfhandlung gewesen sein.

Montag, den 27ten Mai 1918

Inzwischen sind auch ein paar englische Gäste eingetroffen, aber insgesamt ist die Zahl der Buchungen erheblich zurückgegangen. Habe wieder Exkursionen zu den Weingütern angeboten, aber das Interesse daran ist deutlich geringer. Dagegen sind die Bridge-Turniere unverändert ausgebucht, sodaß dieser bisher recht lukrative Nebenerwerb gesichert scheint.

Freitag, den 14ten Juni 1918

Die Tageszeitung meldet, Ende Mai seien aus Spanien erste Meldungen von einer heftigen Grippe-Welle gekommen. In Madrid sei jeder dritte Einwohner betroffen, darunter auch König Alfonso XIII. Da bisher nur wenige Todesfälle gemeldet wurden, wird der Krankheitsverlauf der *Spanischen Grippe* vorerst noch als glimpflich eingeschätzt. Die Hausgäste sind wegen der Nähe zum Nachbarland beunruhigt und halten sich von größeren Veranstaltungen fern.

Montag, den 12ten August 1918

Die Zeitungen berichten, vor vier Tagen sei die Westfront zusammengebrochen. Die Franzosen würden zusammen mit den Briten die Deutschen zum Rückzug drängen. Die französischen Gäste, von denen einige nach dem Artillerie-Beschuss vom März aus Paris gekommen waren und seither hier geblieben sind, äußern vorsichtig die Meinung, daß damit ein Kriegsende in Sicht sei.

Donnerstag, den 20ten September 1918

Gestern Morgen erneute Razzia der Steuerfahndung. Hatte das Gefühl, daß ich, wie schon beim letzten Mal, besonders kritisch überprüft werde, weil man den moderaten Eingängen auf meinem *Corbeau*-Konto misstraute. Besonders intensive Durchsuchung meines Zimmers. Auch diesmal wurden die Unterlagen für mein *Kronberg*-Konto und die persönlichen Aufzeichnungen im doppelten Boden meines Reisekoffers nicht entdeckt.

Mittwoch, den 2ten Oktober 1918

Der *Figaro* berichtet, daß Ende September in Deutschland ein Graf Max von Baden zum neuen Reichskanzler ernannt worden sei. Dieser strebe rasche Verhandlungen über einen Waffenstillstand an, nachdem die deutschen

Truppen nach dem Zusammenbruch der Westfront auf dem Rückzug seien. Der Vierzehn-Punkte-Plan von Wilson solle dabei weitestgehend akzeptiert werden. Gleichzeitig werde durch einen Aufstand der Matrosen in Kiel und Wilhelmshaven ein nochmaliges Auslaufen der deutschen Hochseeflotte verhindert. Die wenigen Hausgäste äußern die Hoffnung, dies alles könne das endgültige Ende des Krieges bedeuten.

Dienstag, den 12ten November 1918

Habe mir heute an der *Place de la Bourse* das *Berliner Tageblatt* besorgt, das derzeit als einzige deutsche Tageszeitung hier noch zu haben ist. Die im Hotel auf-liegende französische Presse hat über die Ereignisse, die sich vorige Woche im Deutschen Reich nachgerade überstürzt haben, bewusst nur mit kurzen Notizen berichtet. Da gab es Meldungen von Massendemonstrationen, die von Arbeiter- und Soldatenräten in Kiel und Berlin veranstaltet wurden, und von einem Generalstreik in Hamburg einen Tag später. Für mich war die aufregendste Nachricht die Ausrufung der Republik durch einen sozialistischen Politiker namens Scheidemann, der diesen Neubeginn vor drei Tagen von einem Fenster des Berliner Reichstags herab verkündet hatte.

Mittwoch, den 13ten November 1918

Überraschende Nachricht, über die das Hauspersonal so etwas wie Genugtuung zeigt: Der deutsche Kaiser Willhelm II. hat letzten Sonntag unter dem Druck der politischen Vorgänge abgedankt und ist nach Holland ins Exil gegangen. Ein *Rat der Volksbeauftragten* hat in Berlin derzeit eine provisorische Regierung gebildet.

Donnerstag, den 14ten November 1918

Laut *Figaro* wurden vergangenen Montag nach dreitägigen Verhandlungen endlich die Bedingungen für einen Waffenstillstand unterzeichnet, die Deutschland von den Alliierten gestellt worden waren. Die Deutschen müssen nicht nur alle im Krieg besetzten Gebiete räumen, sondern auch Grenzgebiete zu Frankreich hin abtreten. Die Unterzeichnung erfolgte in einem Eisenbahnwaggon im Wald von Compiègne durch einen Zivilisten, nämlich durch einen Reichstagsabgeordneten des Zentrums namens Erzberger, und einen Militär, den französischen General Foch für die Alliierten. Deutschlands Oberste Heeresleitung wollte mit der Entsendung eines Zivilisten offenbar von der eigenen Verantwortung ablenken.

Freitag, den 24ten Januar 1919

Das *Berliner Tageblatt* berichtet, daß das neue Jahr in Berlin mit einem blutigen Auftakt begonnen habe. In den ersten Januar-Tagen sei ein Aufstand der frisch gegründeten Kommunistischen Partei gescheitert, zu dem der sogenannte *Spartakus-Bund* aufgerufen hatte. Mitte des Monats seien dessen Anführer, Rosa Luxemburg und Karl Liebknecht, standrechtlich erschossen worden. Jetzt sei vor drei Tagen in München bei einem Anschlag auch der amtierende Ministerpräsident Kurt Eisner getötet worden, der als Revolutionär beim Sturz von Kaiser Willhelm mitgewirkt hatte.

Dienstag, 28ten Januar 1919

Das *Berliner Tageblatt* meldet, es stehe jetzt fest, daß Kurt Eisner vorige Woche von einem rechtsorientierten Militär namens Graf von Arco erschossen worden sei. Das Attentat habe zu Unruhen mit weiteren Toten und schließlich zur Ausrufung der Münchner *Räterepublik* geführt. Diese Ereignisse haben auch in der französischen Presse ein großes Echo gefunden, und man befürchtet allgemein ein Erstarken nationalistischer Kräfte in Deutschland.

Montag, den 17ten Februar 1919

Das *Berliner Tageblatt* berichtet, die Parteien der Nationalversammlung hätten Ende Januar wegen anhaltender Unruhen in Berlin ersatzweise in Weimar getagt, um eine neue Reichsverfassung zu erarbeiten. Man rechne aber damit, daß diese nicht vor Mitte des Jahres in Kraft treten werde.

Freitag, den 9ten Mai 1919

Bisher sind im Vergleich zum Vorjahr deutlich weniger Hotelgäste angekommen, was wohl in erster Linie auf die chaotischen Verhältnisse in der Politik zurückzuführen ist. Was die Wein-Exkursionen anbelangt, besteht bisher nur schwaches Interesse, und auch das Angebot von Bridge-Turnieren findet ein deutlich geringeres Echo. Kein ermutigender Auftakt der Saison.

Samstag, den 31ten Juni 1919

Der *Figaro* teilt mit, daß vor drei Tagen im Spiegelsaal von Schloss Versailles ein Friedensvertrag unterzeichnet worden sei. Die Siegermächte Großbritannien, Frankreich, Italien und Amerika hätten Deutschland harte Bedingungen gestellt mit Gebietsabtretungen von Elsass, Lothringen und Saarland. Dies habe in Deutschland große Empörung hervorgerufen.

Dienstag, den 22ten Juli 1919

Die Tageszeitungen berichten auf der Titelseite, daß am Montag letzter Woche in Paris eine Siegesfeier mit großer Parade der Alliierten am Arc de Triomphe stattgefunden habe und am Samstag darauf eine ebensolche in London vor dem Buckingham-Palast. Die französischen und britischen Hotelgäste sind in Hochstimmung, die wenigen deutschen sehr schweigsam.

Donnerstag, den 2ten Oktober 1919

Heute in aller Frühe wieder Razzia mit scharfem Verhör. Es ging wie immer um fragliche Erträge aus Automobil-Exkursionen, von denen einige nach Arcachon, die meisten aber zu den Weingütern gegangen waren. Mein Hinweis, diese Geschäfte seien in diesem Jahr stark rückläufig gewesen, sodaß auf meinem Konto nur geringe Beträge von Trinkgeldern verbucht worden seien, wurde rundweg abgetan. Man fragte auch, ob ich vielleicht in Belgien Bankkonten hätte und ob ich in Namur noch amtlich gemeldet sei. Habe beides verneint, bekam aber zu hören, das könne man ja leicht auf dem Wege der Amtshilfe durch die belgischen Behörden überprüfen lassen.

Dies darf aber auf keinen Fall passieren, weil es dort vermutlich keinen *Fernand Corbeau* gibt. Ich weiß jetzt endgültig, daß ich dieses Land möglichst bald verlassen muss. Zum Glück blieben die Unterlagen meines *Kronberg*-Kontos und meine Aufzeichnungen auch diesmal unentdeckt.

Montag, den 13ten Oktober 1919

Habe gründlich darüber nachgedacht, was in meiner jetzigen Situation zu tun sei. Nach Deutschland zurückzugehen, scheint mir wegen der unsicheren Wirtschaftslage im Augenblick nicht ratsam. Wegen meiner anhaltenden inneren Unruhe habe ich mich entschlossen, in die neutrale Schweiz auszureisen und mich in Zürich nach einer neuen Stelle umzusehen.

Heft 3: Zürich 1919

Das große Geld

Mittwoch, den 22ten Oktober1919

Habe meinem Patron gegenüber angegeben, ich müsse aus familiären Gründen nach Belgien zurückgehen, und bin heute abgereist. Von meinem *Corbeau*-Konto habe ich alles in bar mitgenommen und das *Kronberg*-Konto vorerst bei der *Banque de France* stehen gelassen. Sitze jetzt im Express nach Paris und werde von dort mit dem Nachtzug nach Zürich weiterreisen.

Donnerstag, den 23ten Oktober 1919

Hatte an der Schweizer Grenze kein Problem mit meinem deutschen *Kronberg*-Pass. Gegen Mittag in Zürich angekommen. Mondäne Großstadt, riesiger Bahnhofsplatz im Zentrum. Habe zunächst in der Wechselstube am Bahnhof meine französischen Francs in Schweizer Franken getauscht und bin gleich in der in Nähe in einer kleinen Pension bei einem netten Ehepaar untergekommen. Um mögliche Steuerfahndungen zu entgehen oder bei polizeilichen Razzien nicht aufzufallen, habe ich mich als *Frederick Köberlin* aus *Basel* eingetragen, eine Anzahlung gemacht und versprochen, meinen Ausweis morgen vorzulegen.

Freitag, den 24ten Oktober 1919

Habe meinem Wirt erklärt, ich hätte heute früh den Pass nicht finden können und ihn wahrscheinlich beim Aussteigen aus dem Zug verloren. Der empfahl eine Nachfrage beim Fundbüro, meinte aber, das werde wahrscheinlich sehr viel Zeit kosten. Wenn ich es eilig hätte, könne er mir die Adresse eines guten Freundes geben, bei dem es schneller gehe. Das sei aber streng vertraulich und habe natürlich auch seinen Preis. Bot ihm einen Betrag an, mit dem er einverstanden war, und bekam von ihm einen Zettel mit einer Adresse. In einer kleinen Gasse am Rande des Bahnhofviertels traf ich in einem unscheinbaren Reihenhäuschen einen biederen älteren Herrn an, dem ich Grüße von meinem Wirt ausrichtete und meinen Wunsch vortrug. Er ließ sich einen Vorschuss geben und meinte, das sei nicht ganz einfach zu machen, aber er könne es in drei Tagen schaffen. Eine Werkstatt konnte ich in der kleinen Wohnung nicht entdecken, aber eine schmale Tür neben einem Schrank, die wohl in ein Hinterzimmer führte.

Montag, den 27ten Oktober 1919

Habe mir heute zwei der großen Hotels am Bahnhofsplatz angesehen. Vornehme Foyers, traditioneller Stil, seriöses Publikum, angenehme Atmosphäre in beiden Häusern. Werde mich morgen mit meinem neuen Pass zur Bewerbung vorstellen.

Dienstag, den 28ten Oktober 1919

Habe heute den fertigen Ausweis abgeholt und in einer kleinen Bank im Zentrum ein Konto auf den Namen *Frederick Köberlin* aus *Basel* eröffnet, auf das ich meine eingetauschten Schweizer Franken eingezahlt habe. In einer Filiale der *Schweizerischen Kreditanstalt* am Bahnhofsplatz ließ ich ein Konto auf den Namen *Friedrich Kronberg* aus *Eltville* anlegen und darauf gleich das gesamte Guthaben von meinem *Kronberg*-Konto bei der *Banque de France*-Filiale in Bordeaux übertragen. Habe vereinbart, daß der volle Betrag in Schweizer Franken konvertiert wird, sobald ein günstiger Wechselkurs abzusehen ist. Meinen belgischen *Corbeau*-Pass habe ich mittags im Kanonenöfchen der Pension verbrannt.

Habe mich am Nachmittag beim Personalchef des größeren der beiden Häuser, dem *Viktoria*, als Frederick Köberlin aus Basel vorgestellt. Dieser schien von den Orten meiner bisherigen Tätigkeit und meinen Sprachkenntnissen sehr angetan, bedauerte jedoch, eine mir angemessene Stelle erst wieder im nächsten Jahr anbieten zu können. Empfahl mir, ich solle nochmals Anfang April zu Beginn der Saison bei ihm vorsprechen.

Mittwoch, den 29ten Oktober 1919

Habe mich heute Vormittag beim kleineren der beiden Hotels, dem *Schweizerhof*, bei der Chefin des Hauses vorgestellt. Auch sie zeigte Interesse an meinen Sprach-

kenntnissen und meinte, ich hätte Glück, weil ihr Oberkellner gerade vor drei Wochen kurzfristig gekündigt
habe. Ich könne gleich nächste Woche anfangen.

Montag, den 3ten November 1919

Mein erster Arbeitstag verlief angenehm. Wurde aus-
führlich in alle Bereiche des Hauses eingeführt und dabei den verschiedenen Mitarbeitern als neuer Oberkellner vorgestellt. Man sagte mir, die meisten Hausgäste
seien Geschäftsleute aus ganz Europa, die in Bank- und
Börsengeschäften unterwegs seien. In der Saison gäbe es
aber auch viele Ehepaare, die auf Besichtigungstour
durch die Schweiz seien.

Freitag, den 28ten November 1919

Habe mir an meinen freien Tagen die Stadt angesehen,
mehrere Casinos entdeckt und die Börse aufgesucht.
Großer Spaziergang auf der Promenade am Zürichsee
mit schönem Blick auf ein paar Inseln. Die Dampfschifffahrt ist jetzt schon eingestellt, wird aber zur
Saison Anfang April wieder aufgenommen. Reizvolles
Angebot, denke jetzt schon mal an ein paar Ausflüge.

Dienstag, den 30ten Dezember 1919

Die *Neue Zürcher Zeitung* berichtet, in Deutschland sei
es vor zwei Tagen zu einem massiven Währungsverfall
gekommen. Das Papiergeld sei zunehmend wertlos geworden, ein Dollar koste fast fünfzig Mark und eine

Goldmark entspreche zehn Reichsmark. Bin froh, daß ich meine Rücklagen von Bordeaux hier in der Schweiz deponieren konnte.

Donnerstag, den 22ten Januar 1920

Die Tageszeitung meldet, in Amerika sei wegen zunehmender Trunksucht seit dem Wochenende die Prohibition in Kraft getreten. Herstellung, Verkauf und öffentlicher Konsum von alkoholischen Getränken mit mehr als 0.5 % Alkoholgehalt seien per Gesetz verboten worden. Habe Zweifel am Sinn dieser Verfügung, weil sie dort die Gastronomie schwer trifft, und bin sehr zufrieden, hier in einem freizügigeren Land zu leben.

Freitag, den 5ten März 1920

Laut einer kurzen Notiz in der *Frankfurter Zeitung* hat Anfang letzter Woche der Propagandaleiter der Deutschen Arbeiterpartei, ein Adolf Hitler, im Hofbräu-Haus München erstmals ein nationalsozialistisches Programm vorgestellt. Die neugegründete Partei nenne sich seit letztem Montag NSDAP.

Freitag, den 2ten April 1920

Die *Neue Zürcher Zeitung* berichtet, die Mitte Januar in Amerika verfügte Prohibition habe bewirkt, daß als Reaktion darauf der illegale Alkohol-Vertrieb durch Gangster-Imperien aufgeblüht sei. Mit dem Schwarzhandel würden vor allem der Gangster John Torrio aus Chikago und seine rechte Hand Al Capone in Verbindung gebracht, ohne daß die beiden von der Justiz bisher belangt werden konnten.

Montag, den 3ten Mai 1920

Bei erneuter Vorstellung im *Grand Hotel Viktoria* vor zwei Wochen konnte mir der Personalchef die Stelle eines Oberkellners anbieten, die ich heute angetreten habe. Die Kündigung wurde im *Schweizerhof* zwar bedauert, letztlich aber akzeptiert. Im *Viktoria* hat man mir sogar eines der Personalzimmer im der obersten Etage zur Verfügung gestellt, woraufhin ich meiner kleinen Pension umgehend gekündigt habe. Der Ausblick über die Dächer des Zentrums ist grandios. Der erste Tag der neuen Beschäftigung verspricht einiges an Arbeit, aber auch ein interessantes Publikum.

Mittwoch, den 16ten Juni 1920

Habe neben den Hotelgästen in den ersten Wochen schon eine Reihe von Tagesgästen kennengelernt. Es treffen sich hier auch mehrere Stammtisch-Cliquen zum *Jour fixe*, von denen mich einige mit Handschlag begrüßen und partout von mir bedient werden wollen. Habe meinen Patron darauf angesprochen und von ihm den Bereich mit diesen Gästen zugewiesen bekommen. Von vier Herren, die sich jeden Mittwoch gegen fünf Uhr hier in einem der Séparés treffen, wurde ich immer wieder in launige Gespräche einbezogen, sodaß sich allmählich fast ein vertrautes Verhältnis entwickelte. Sie sind alle Bankiers, die sich hier untereinander austauschen und gegenseitig Tipps für Aktienkäufe geben. Nach zwei Wochen stellten sie sich mir als die Herren Morgenroth, Häberlin, Rosenstrauch und Sprüngli vor. Während ich den Apéritif mit der üblichen Havanna brachte und später das Menu servierte, bekam ich immer wieder Bruchstücke von ihren Diskussionen über lukrative Investitionen mit und lernte dadurch die Namen führender Unternehmen kennen.

Freitag, den 25ten Juni 1920

Die vier Bankiers hatten letzte Woche beiläufig erwähnt, daß ihre Gattinnen sich jeden Montag und Donnerstag um drei Uhr im Café-Salon des Hauses zum neuen *Plafond-Bridge* träfen und mich gerne kennenlernen würden. Offenbar hatten die Herren ihnen von unseren Kontakten erzählt und sie neugierig gemacht. Ich vereinbarte mit dem Patron, zu beiden Terminen in diesem Bereich bedienen zu dürfen, und traf das Bridge-Quartett gestern zum ersten Mal. Die Damen waren mittleren Alters und zwar konservativ, aber teuer gekleidet mit Korsettmode, breitkrempigen Hüten und geschnürten Stiefeletten. Zwischen munteren Plaudereien tuschelten sie des Öfteren über die neue Mode der jüngeren Damen mit den fließenden Kleidern, der Bubikopf-Frisur und dem Hütchen, das aussah wie ein umgestülpter Blumentopf. Über meine Zeiten in Biarritz und Bordeaux hatten sie bereits von ihren Männern einiges gehört und wollten darüber noch mehr erfahren, aber auch von Lissabon alles Mögliche wissen.

Montag, den 12ten Juli 1920

Habe heute den Damen, deren Spielweise ich einige Male beobachten konnte, etwas von meinen *Auktion-Bridge*-Kenntnissen vermitteln können. Gab ihnen ein paar Tipps zur Eröffnung und zu *Contra* und *Recontra*, die sie offenbar noch nicht in allen Facetten kannten, was mir einige Anerkennung einbrachte. Ab und zu bekam ich auch Bemerkungen mit, die sich auf erfolgreiche Investitionen ihrer Gatten bezogen. Diese nahm ich aufmerksam zur Kenntnis, ließ mir mein Interesse aber nicht anmerken und kam meinerseits bewusst nie auf dieses Thema zu sprechen. Mit diesem Wissen werde ich an freien Tagen zur Börse gehen, um die laufende Entwicklung bestimmter Aktienkurse und Immobilienwerte zu verfolgen.

Freitag, den 17ten September 19120

Meine Beobachtung der Börsenkurse hat ergeben, daß die gegenseitigen Empfehlungen der Bankiers, die von den Bemerkungen ihrer Gattinnen oftmals bestätigt wurden, überwiegend ins Schwarze trafen. Habe heute an der *Schweizerischen Kreditanstalt* erste Geldanlagen in Schweizer Aktien und internationalen Beteiligungen gemacht und hoffe auf eine gute Rendite.

Mittwoch, den 17ten November 1920

Die *Neue Zürcher Zeitung* berichtet, daß vor zwei Tagen erstmalig ein Internationaler Völkerbund in Genf getagt habe mit dem Ziel, den Weltfrieden zu sichern. Amerika habe nicht teilgenommen, da die Satzung Bestandteil des Versailler Vertrags sei, und Russland habe aus ideologischen Gründen gefehlt. Dieser Weltorganisation hätten sich über vierzig Staaten angeschlossen, von denen aber einige, hier vor allem Frankreich, eine Mitgliedschaft Deutschlands ablehnen. Habe das Gefühl, daß hier Uneinigkeit herrscht, weil in erster Linie die Siegermächte die Weichen allein stellen wollen. Keine besonders günstigen Vorzeichen.

Freitag, den 21ten Januar 1921

Die Mitte September getätigten Geldanlagen haben Gewinne gebracht, die meine Erwartungen bei Weitem übertrafen. Habe heute mit der Hälfte meiner Rücklagen von Bordeaux kleine Goldbarren angekauft und bei der *Schweizerischen Kreditanstalt* in einem Depot gesichert. Die andere Hälfte habe ich für weitere Börsengeschäfte auf dem *Kronberg*-Konto stehen gelassen.

Donnerstag, den 10ten März 1921

Habe am Bahnhof im *Berliner Tageblatt* gelesen, daß Frankreich und Großbritannien, die als Besatzer ohnehin im Rheinland stehen, vor drei Tagen zusätzlich das Ruhrgebiet besetzt hätten. Offenbar sollen die Deutschen dadurch zur Zahlung der Reparationskosten gezwungen werden, was sie unmittelbar zuvor in London abgelehnt hatten. Bin froh, von dieser Misere nicht betroffen zu sein, und habe wenig Hoffnung, daß sie bald vorbei ist.

Montag, den 3ten Mai 1921

Habe dem Patron vor zwei Wochen vorgeschlagen, für Herrschaften der gehobenen Gesellschaft Bridge-Turniere anzubieten, die in den Café-Häusern von Bordeaux ein voller Erfolg gewesen seien und für das Renommée seines Hauses recht nützlich sein könnten. Nach Ausschreibung mit Ankündigung der neuen *Plafond*-Konvention war heute das erste Turnier voll ausgebucht.

Dienstag, den 1ten August 1921

Das *Berliner Tageblatt* berichtet in einer kurzen Notiz, daß Adolf Hitler Ende vergangener Woche zum Parteivorsitzenden der NSDAP gewählt worden sei. In Deutschland würde dies überwiegend als positiv bewertet. Hier im Hause wird davon kaum Kenntnis genommen, aber mich macht das ziemlich skeptisch.

Donnerstag, den 1ten September 1921

Das erste Jahr nach Beginn meiner Börsengeschäfte hat beachtliche Gewinne aus Aktien und Investitionen gebracht, sodaß mein Depot ständig angewachsen ist. Dieser Erfolg ist sicherlich meiner aufmerksamen Verfolgung der Kurse zu verdanken, manchmal war aber auch etwas Glück im Spiel. Ein paar Mal hatten mir meine vier Bankiers, als sie mein Interesse und meine Sachkenntnis bemerkten, auch direkt einen wertvollen Tip gegeben. Die von mir organisierten Bridge-Turniere laufen ziemlich erfolgreich. Meine Anteile am Nenngeld der Teilnehmer haben zu beachtlichen Zugewinnen geführt, die ich überwiegend auf meinem *Kronberg*-Konto deponiert habe.

Donnerstag, den 1ten Dezember 1921

Die *Neue Zürcher Zeitung* berichtet, daß der US-Dollar zu Beginn der Woche an der Frankfurter Börse mit fast 300 Mark notiert worden sei, was einer Steigerung der Entwertung um das Fünffache seit Beginn des Jahres entspreche. Dies sei darauf zurückzuführen, daß die deutsche Regierung Unmengen an ungedecktem Papiergeld habe drucken lassen, um damit den hohen Reparationsverpflichtungen nachzukommen. Die praktisch wertlosen Banknoten würden den rasanten Anstieg der Inflation zunehmend beschleunigen.

Freitag, den 21ten April 1922

Die Zeitungen berichten von einem Staatsvertrag, der im italienischen Seebad Rapallo vor fünf Tagen zwischen Deutschland und Russland geschlossen worden sei, wonach von beiden Seiten auf Reparationen verzichtet werden solle. Von den Teilnehmern einer Wirtschaftskonferenz, die wenige Tage zuvor in Genua begonnen hätte, sei dies als massiver Eklat angesehen worden, weil man den gleichzeitigen Abschluß eines Militärbündnisses vermutet hätte. Nachdem dies sich aber als Gerücht erwiesen hätte, habe sich die Erregung wieder gelegt, die Konferenz jedoch sei gescheitert.

Dienstag, den 2ten Mai 1922

Habe heute endlich, wie schon bei Ankunft geplant, meinen ersten Dampferausflug auf dem Zürichsee machen können. Rundfahrt über Rapperswil und Pfäffikon bei herrlichem Wetter. Wunderbare Uferlandschaft mit idylisch wirkenden Ortschaften und hübschen kleinen Inseln in der Ferne. Nehme mir fest vor, weitere Dampferfahrten zu anderen Orten am Obersee zu unternehmen.

Dienstag, den 27ten Juni 1922

Das *Berliner Tageblatt* berichtet, Walther Rathenau, Außenminister des Deutschen Reichs und Mitglied der Deutschen Demokratischen Partei, sei vor drei Tagen in Berlin einem Attentat zum Opfer gefallen. Er sei von einem überholenden Wagen aus beschossen und von einer Handgranate zerfetzt worden. Als Täter habe man Rechtsradikale im Visier, nach denen gefahndet werde. Von diesen Kreisen sei Rathenau im Zusammenhang mit den Verträgen von Versailles und Rapallo wiederholt diffamiert worden, unter anderem als *jüdischer Erfüllungspolitiker*. Eine bedrohliche Entwicklung, die mich sehr bedrückt und nachdenklich macht.

Mittwoch, den 1ten November 1922

Die *Neue Zürcher Zeitung* berichtet auf der Titelseite, am Wochenende habe in Neapel ein Parteitag der Faschisten und anschließend auf Veranlassung von Benito Mussolini ein großer Sternmarsch auf Rom stattgefunden. König Viktor Emanuel III. habe dem *Duce* vorgestern ohne Gegenwehr die Macht übergeben, da er sich davon wohl einen Ausweg aus der tiefen Wirtschaftskrise erhoffe, in der Italien gegenwärtig stecke. Habe bei dieser Machtübertragung kein gutes Gefühl.

Montag, den 15ten Januar 1923

Im *Berliner Tageblatt* war zu lesen, daß Franzosen und Belgier vor vier Tagen erneut die Großstädte des Ruhr-Gebiets besetzt hätten, diesmal mit noch größeren Kontingenten. Alles werde streng kontrolliert, und eine Ausgangssperre sei verhängt worden. Versuche der Bevölkerung zum Widerstand würden niedergeschlagen.

Dienstag, den 30ten Januar 1923

Kurze Notiz im *Berliner Tageblatt*: Vor drei Tagen habe in München ein Reichsparteitag der NSDAP stattgefunden, der erste übrigens, seit die Partei vor zwei Jahren gegründet worden war. Große Fahnenweihe auf dem Marsfeld, dazu eine kämpferische Rede von Adolf Hitler gegen die Politik der Weimarer Republik. Empfinde dies als Kampfansage an die Demokratie.

Dienstag, den 29ten Mai 1923

Die *Neue Zürcher Zeitung* berichtet, südlich von Le
Mans habe vor drei Tagen erstmals ein Automobilrennen
über 24 Stunden stattgefunden. Dabei hätten zwei Franzosen mit einer Durchschnittsgeschwindigkeit von 92
Stundenkilometern gesiegt. In Frankreich sei dies als
Triumph der nationalen Technik gefeiert worden. Eine
ähnliche Begeisterung über die Fortschritte der Auto-
mobil-Technologie hatte ich schon in Biarritz und Bordeaux miterlebt. Unter den Hotelgästen in Zürich scheint
diese Nachricht dagegen kaum von Interesse zu sein.

Freitag, den 15ten Juni 1923

Habe vor zwei Wochen im Schaufenster eines Buchla-
dens einen Roman mit dem Titel *Bekenntnisse des Hochstaplers Felix Krull* von Thomas Mann entdeckt. Hatte
gleich eine Ahnung, daß hier vielleicht meine Aufzeichnungen verwendet sein könnten, die ich vor vielen Jahren in Biarritz dem deutschen Schriftsteller aus München
überlassen hatte. Nach ein paar Leseproben habe ich das
Buch gekauft und noch spät abends mit der Lektüre
begonnen. Großes Schmunzeln bei den originellen Na-
mensänderungen, z.B. *Schimmelpreester* für meinen Pa-
ten in Eltville, *Madame Houpflé* für die nymphomane
Schriftstellerin in Paris, *Mr. Twentyman* für den Indu-
striellen aus Birmingham mit seiner blonden Tochter,
einem Wildfang, dessen ich mich erwehren musste, *Lord
Kilmarnock* für den betagten Adligen, der mich als

Kammerdiener mit nach Schottland nehmen wollte, *Louis Marquis de Venosta* für den Lebemann, dessen Identität ich annehmen sollte, *Professor Kuckuck* für den deutschen Professor aus Lissabon mit seiner temperamentvollen Gattin und der spröden Tochter, und eben auch für mich selbst als *Felix Krull*, Hotelboy *Armand* und falschen *Marquis de Venosta*. Fand mich als Figur zwar überzeichnet, aber durchaus amüsant beschrieben – eben dichterische Freiheit, die Spannung erzeugt.

Mittwoch, den 31ten Oktober 1923

Im *Berliner Tageblatt* findet sich eine Notiz, vorgestern habe im *Vox-Haus* der Reichshauptstadt die Ära des Rundfunks begonnen, und zwar mit der ersten Unterhaltungssendung der *Radiostunde AG*. Die Nachricht wird hier mit Interesse zur Kenntnis genommen, erregt aber kein größeres Aufsehen, weil die eigene Nationale Rundfunkanstalt der Schweiz noch in Vorbereitung ist.

Dienstag, den 13ten November 1923

Das *Berliner Tageblatt* berichtet auf der Titelseite, vor fünf Tagen habe im Münchner Bürgerbräukeller eine vaterländisch orientierte Veranstaltung von Kabinettsmitgliedern stattgefunden, die gegen den Marxismus gerichtet war und sich für den Monarchismus einsetzte. Plötzlich sei der Saal von einem SA-Stoßtrupp abgeriegelt worden und Adolf Hitler sei in Begleitung einiger Anhänger hereingestürmt. Mit erhobener Pistole habe er den Ausbruch der *Nationalen Revolution* verkündet und die Regierung für abgesetzt erklärt. Am folgenden Tag sei er mit zweitausend bewaffneten Nationalsozialisten zur Feldherrnhalle gezogen, wo sein Putschversuch im Kugelhagel der Polizei geendet habe. Tags darauf sei er verhaftet worden.

Mittwoch, den 21ten November 1923

Die *Neue Zürcher Zeitung* berichtet, die Ausgabe von Unmengen ungedeckten Papiergeldes habe in Deutschland zu einer katastrophalen Inflation geführt. Die Regierung habe vor vier Tagen beschlossen, dieser Entwicklung mit einer Währungsreform ein Ende zu setzen. Danach sollen 4,2 Billionen Papiermark 4,2 Goldmark bzw. 4,2 Rentenmark bzw. einem US-Dollar entsprechen. Jeglicher Druck von Papiermark sei zugunsten der Rentenmark umgehend einzustellen. Diese Mitteilung wird hier von den Bankiers mit großer Aufmerksamkeit und einer guten Portion Skepsis registriert.

Donnerstag, den 3ten Januar 1924

Vor vier Wochen hatte ich beim *Jour fixe* meiner Herren mehrmals das Stichwort *Texas Oil Company* mitbekommen und mir an der Börse die Aktienkurse angesehen. Dort brachte ich in Erfahrung, daß die Unternehmen, die seit über zwanzig Jahren bei Beaumont im amerikanischen Bundesstaat Texas nach Erdöl bohrten, auf dem Aktienmarkt eine beachtliche Kurssteigerung erzielt hätten. Habe den Kursverlauf seither verfolgt und heute erste Anteile erworben. Bin gespannt auf die weitere Entwicklung.

Freitag, den 4ten April 1924

Das *Berliner Tageblatt* berichtet in großer Aufmachung, das Volksgericht in München habe Adolf Hitler vor drei Tagen für seinen gescheiterten Putschversuch vom letzten November zu fünf Jahren Festungshaft verurteilt, die er in Landsberg verbüßen soll. Das Strafmaß werde als milde angesehen, weil gleichzeitig eine vorzeitige Umwandlung in Bewährung in Aussicht gestellt worden sei.

Montag, den 1ten September 1924

Randnotiz im *Berliner Tageblatt*: Der Deutsche Reichstag habe vor drei Tagen per Gesetz beschlossen, an Stelle der Rentenmark als neue Währungseinheit die *Reichsmark* einzuführen, von der man sich größere Stabilität verspreche. Habe die Hoffnung, daß mit dieser Entscheidung vielleicht eine günstigere wirtschaftliche Entwicklung zu erwarten ist.

Freitag, den 5ten Dezember 1924

Habe im Feuilleton der *Neuen Zürcher Zeitung* gelesen, beim Fischer-Verlag in Berlin sei vor einer Woche der Roman *Der Zauberberg* von Thomas Mann erschienen, an dem er zwölf Jahre lang gearbeitet habe. Das Werk habe in Fachkreisen überwiegend Beifall und nur von wenigen Seiten Kritik bekommen. Bin irgendwie stolz darauf, den Autor vor zwanzig Jahren persönlich kennengelernt zu haben. Konnte mich aber nicht zum Kauf des recht umfänglichen Werks entschließen, dessen zwei Bände immerhin 21 Reichsmark kosten sollen.

Mittwoch, den 10ten Dezember 1924

Das *Berliner Tageblatt* berichtet, bei den neuerlichen Reichstagswahlen am vergangenen Sonntag hätten die Sozialdemokraten und bürgerlichen Parteien deutlich an Mandaten zulegen können, während die Deutschvölkischen, die Nationalsozialisten und die Kommunisten erhebliche Einbußen hätten hinnehmen müssen. Halte dieses Ergebnis für ermutigend, weil es auf Stabilisierung der Demokratie hoffen lässt.

Dienstag, den 23ten Dezember 1924

Notiz im *Berliner Tageblatt*: Der Schriftsteller Erich Mühsam sei Ende letzter Woche vorzeitig auf Bewährung entlassen worden. Wegen seiner Rolle als Revolutionär hatte man ihn vor fünf Jahren zu fünfzehn Jahren Festungshaft verurteilt. Als ebenso überzeugter Pazifist wie Anarchist war er Mitglied des Zentralrats der Münchner Räterepublik gewesen. Von diesen Ereignissen in München hatte ich seinerzeit in Bordeaux nur wenig mitbekommen. Für mich ein interessanter Denker, dessen bedingungslosen Pazifismus ich sehr bewundere, dessen anarchistischen Ideen ich aber nicht folgen kann.

Donnerstag, den 15ten Januar 1925

Seit dem ersten Ankauf von Beteiligungen an der *Texas Oil Company* vor einem Jahr haben sich die Kurse sehr erfreulich entwickelt. Habe heute die Hälfte der Gewinne in Goldbarren umgesetzt und im Depot sichern lassen. Mit der anderen Hälfte habe ich weitere Anteile angekauft und hoffe, daß diese Anlagen ebenso erfolgreich sein werden.

Montag, den 2ten März 1925

Nachricht im *Berliner Tageblatt*: Adolf Hitler sei bereits im Dezember letzten Jahres frühzeitig auf Bewährung aus der Festungshaft in Landsberg entlassen worden. Jetzt habe er Ende Februar im Münchner Bürgerbräukeller die NSDAP neu organisiert. Diese Partei sei bei seiner Inhaftierung zwar verboten worden, wolle sich aber in Zukunft verfassungsgemäß verhalten.

Mittwoch, den 4ten März 1925

Titelseite vom *Berliner Tageblatt*: Der erste Reichspräsident der Weimarer Republik, Friedrich Ebert, sei vergangenen Samstag in Berlin völlig unerwartet an einem Blinddarmdurchbruch verstorben. Er sei stets um Ausgleich bemüht gewesen, sei aber auch immer wieder heftig angegriffen worden, vor allem von den Arbeitern. Diese hätten ihm als gelerntem Sattler wegen seiner Mitgliedschaft bei den Sozialdemokraten Verrat an der eigenen Klasse vorgeworfen.

Dienstag, den 21ten April 1925

Das *Berliner Tageblatt* berichtet, letzten Sonntag sei Generalfeldmarschall a.D. von Hindenburg zum neuen Reichspräsidenten gewählt worden. Bin sehr erstaunt über diese Wahl und frage mich, ob die Reformansätze der Weimarer Republik durch einen 77-jährigen Kriegshelden wirklich fortgeführt werden können. Den Deutschen mag er vom Ostfeldzug zu Beginn des Weltkriegs als Sieger von Tannenberg in glorreicher Erinnerung geblieben sein. Habe trotzdem ein ungutes Gefühl, weil ich befürchte, daß er von seinen Wählern vielleicht unbewußt als vertrauenswürdiger Übervater empfunden oder gar als Ersatzfigur für den vertriebenen Kaiser gesehen wurde.

Montag, den 4ten Mai 1925

Die *Neue Zürcher Zeitung* berichtet im Feuilleton, Mitte letzter Woche sei in Paris an der *Esplanade des Invalides* die *Art Déco* eröffnet worden, eine internationale Ausstellung von Kunsthandwerk und moderner Industrie. Das Publikum sei begeistert von den Kreationen der Innenarchitekten, Modeschöpfer und Formgestalter und ebenso von den Elementen des Jugendstils, des Futurismus und der Ostasien-Ornamentik. Im Hotel erregt diese Nachricht wenig Aufsehen, da das Publikum überwiegend konservativ eingestellt ist und offenbar wenig von solchen Neuerungen hält.

Freitag, den 21ten Juli 1925

Randnotiz im *Berliner Tageblatt*: Im Münchner Amann-
Verlag sei der erste Band von Adolf Hitlers *Mein Kampf*
erschienen, den er während seiner Festungshaft verfasst
habe. Der Verleger habe sich intern allerdings etwas enttäuscht über den eher langatmigen Text geäußert, weil er
sich einen spannenden Bericht über die Zeit des Putsch-
versuchs erhofft und nicht nur Bekenntnisse zum Natio-
nalsozialismus und Antisemitismus erwartet hätte. Habe
selbst so meine Zweifel, ob solch ein Buch je ein großer
Verkaufsschlager werden kann.

Dienstag, den 4ten August 1925

Im *Berliner Tageblatt* ist zu lesen, die Räumung des
Ruhrgebiets, wie man sie nach Zusicherung der Repara-
tionszahlungen vor drei Wochen in London beschlossen
habe, sei mit einiger Verzögerung jetzt abgeschlossen
worden. Die Belgier seien gemäß Vereinbarung innerhalb einer Woche abgezogen, die Franzosen weniger zü-
gig erst am vergangen Wochenende.

Dienstag, den 20ten Oktober 1925

Die *Neue Zürcher Zeitung* berichtet, auf einem internationalen Kongress im schweizerischen Locarno sei vor
vier Tagen ein Abkommen zwischen Deutschland und
den übrigen europäischen Staaten getroffen worden, das
der Friedenssicherung dienen soll. Daran seien Regie-
rungsdelegationen aus Belgien, Frankreich, Großbritan-

nien, Italien, Polen und Tschechoslowakei beteiligt gewesen. Die endgültige Unterzeichnung solle Anfang Dezember in London erfolgen. Dieses Übereinkommen macht mir Hoffnung auf eine friedlichere Zukunft.

Samstag, den 25ten Oktober 1925

Vor drei Tagen kam völlig überraschend die schweizerische Steuerfahndung ins Haus und überprüfte das Personal. Dachte im ersten Augenblick an die neue Polizeiorganisation *Interpol*, die seit zwei Jahren ihre Zentrale in Lyon hat. Es stellte sich dann heraus, daß es bei dieser Kontrolle um Unregelmäßigkeiten von Bediensteten einiger Züricher Hotels ging, die beim Fiskus aufgefallen waren. Mein Pass und mein Gehaltskonto auf den Namen *Köberlin* gingen unbeanstandet durch. Zu meiner Erleichterung fand auch keine Durchsuchung des Zimmers statt. Diese Recherche erinnerte mich aber fatal an die Razzien in Biarritz und Bordeaux und versetzte mir einen Schreck, der mich die nächsten Tage nicht mehr losließ.

Nach langem Grübeln fasste ich den Entschluss, Zürich zu verlassen und nach Berlin oder München umzuziehen. Den Gedanken an Berlin ließ ich bald wieder fallen, weil mich die Berichte über die *Wilden Zwanziger* in dieser Metropole ziemlich skeptisch gemacht hatten. Für München sprach mein Eindruck, daß Räterepublik und Inflation dort weitgehend überwunden zu sein schienen und ich in letzter Zeit zunehmend das innere Bedürfnis nach einem ruhigeren Leben verspürt hatte.

Montag, den 2ten November 1925

Gestern mit dem Nachtzug über Basel ausgereist. Bei der Grenzkontrolle keine Probleme mit meinem deutschen *Kronberg*-Pass. Über Lindau heute Vormittag in München angekommen. Habe gleich in Bahnhofnähe eine kleine Pension in der Schiller-Straße gefunden. Hatte vor Abreise mein *Köberlin*-Konto aufgelöst und mir das Guthaben bar in Schweizer Franken auszahlen lassen. Das *Kronberg*-Konto und das Goldbarren-Depot habe ich bei der *Schweizerischen Kreditanstalt* belassen, weil ich es dort für besser gesichert halte.

Dienstag, den 3ten November 1925

Heute Vormittag spazierte ich durch die Kaufinger Straße in der Innenstadt und tauschte bei der *Münchner Bank* nahe der Frauenkirche mein Schweizer Bargeld gegen Reichsmark ein. Über den Rathausplatz kam ich zum Nationaltheater und kurz darauf zum Hotel *Vier Jahreszeiten*, wo ich wegen einer Stelle vorsprach. Ein freundlicher Herr im schwarzen Anzug und mit Fliege, bei dem ich an der Rezeption anfragte, bedauerte, daß es momentan beim Service keine Vakanz gebe. Er bot mir aber an, er könne gern telefonieren, und gab mir nach zwei kurzen Gesprächen die Empfehlung, in Starnberg beim Hotel *Bayerischer Hof* nachzufragen.

Heft 4: Starnberger See 1925

Begegnungen rund um den See

Starnberg

Hotel *Bayerischer Hof*

Mittwoch, den 4ten November 1925

Nahm heute früh den Zug nach Starnberg und stieg dort direkt an der Seepromenade aus. Vom Bahnsteig aus prächtiger Blick über den herbstlich-sonnigen See mit Alpenpanorama und ein paar watteartigen Föhnwolken. Zum alten Bahnhof gehört ein *Ehem. Königlicher Wartesaal*, der offensichtlich nicht mehr genutzt wird. Schräg vis-à-vis ein Rondell mit Springbrunnen vor einer Freitreppe, die zum Hotel *Bayerischer Hof* hinauf führt.

Meldete mich am Empfang bei einem älteren Herrn mit Halbglatze und gezwirbeltem Schnurrbart. Nach Hinweis auf das Telefonat der Rezeption vom Hotel *Vier Jahreszeiten* schickte er mich zum Hotelier, der bei der Vorstellung von meinen Sprachkenntnissen und vorherigen Arbeitsplätzen recht beeindruckt schien. Einstellung sei ab Monatsmitte möglich. Zum Vertragsschluss werde ich meinen deutschen *Kronberg*-Pass vorlegen. Den Schweizer *Köberlin*-Pass behalte ich vorerst bei mir, weil ich nicht sicher bin, ob dieser im Fall einer späteren

Transaktion meines Züricher Depots vielleicht zur Einreise von Vorteil sein könnte.

Da ich meine Münchner Pension bereits gekündigt hatte und eine Unterkunft brauchte, fragte ich beim Herrn am Empfang nach, der mir eine kleine Pension direkt um die Ecke in der Achheim-Straße empfahl. Traf dort am Nachmittag ein älteres Ehepaar an, das früher eine Fischerei betrieben hatte und seit ein paar Jahren im Ruhestand ist. Mit dem netten Zimmer im Obergeschoß ihres Häuschens mit Blick auf einen Apfelgarten war ich einverstanden und machte gleich eine erste Anzahlung.

Bei einer Tasse Malzkaffee erzählten die beiden, daß Achheim als der älteste Ortsteil von Starnberg früher ein kleines Fischerdorf gewesen sei. Vor siebzig Jahren habe König Max II. einem Münchner Ingenieur namens Himbsel den Auftrag gegeben, für den See ein Dampfschiff bauen zu lassen. Als dieser dann auch noch die Bahnstrecke von München nach hierher angelegt habe, sei der Tourismus ausgebrochen. Seither sei mehr Geld unter den Leuten, aber es sei hier nicht mehr so geruhsam wie früher.

Dienstag, den 10ten November 1925

Habe mir in den letzten Tagen das Städtchen angesehen und bin in einigen Gasthäusern eingekehrt. Die Küche ist hier sehr deftig, aber schmackhaft, am besten beim *Pellet-Mayer* und am *Tutzinger Hof.* Schöner Ausblick vom Schloßberg auf den See und die Alpenkette, besonders vom alten Friedhof aus, der direkt neben dem Schloßgarten am kleinen Kirchlein Sankt Joseph liegt. Die Bäume haben noch bunte Herbstfärbung, es wird aber schon kühler.

Montag, den 16ten November 1925

Habe heute meine Stelle als Oberkellner im Bayerischen Hof angetreten. Wurde vom Hotelier persönlich beim Personal eingeführt. Freundliche Mitarbeiter, die meisten von ihnen mit bayerischem Dialekt, an den ich mich noch gewöhnen muss. Unter den Gästen sind jetzt nur noch wenige Touristen, aber viele Tagesbesucher vom Ort und einige Geschäftsleute auf Durchreise.

Mittwoch, den 2ten Dezember 1925

Habe gestern ein junges Zimmermädchen namens Marianne Kerschbaumer kennengelernt, das gerade vom Heimaturlaub zurückkam. Die junge Frau stammt von Sankt Heinrich, einem Fischerdorf am südlichen Ende des Sees, und hat vor zwei Jahren hier angefangen. Eine lustige Person, die von allen *Mariandl* gerufen wird und gerne mit jedem plaudert. Immer sehr hilfsbereit, vor allem bei älteren Gästen und neuen Mitarbeitern, und deshalb allgemein beliebt. Kennt sich am Ort gut aus und weiß auch die besten Biergärten rund um den See. Erzählte mir, daß die Hausgäste im Sommer gerne die Restauration im Strandbad *Undosa* besuchen, das direkt uns gegenüber an der Promenade liegt. Vor zwanzig Jahren sei dort eine Dampfmaschine eingebaut worden, die richtige Wellen erzeugen konnte. Das wäre lange Zeit eine Riesengaudi gewesen, aber vor zwei Jahren sei das Ganze abgebaut worden, weil es zu teuer war. Sie meint, wenn es Sommer wird, müssten wir unbedingt mal nachmittags zum Tanztee hinübergehen. Es gäbe da viel zu lachen, vor allem über das vornehm tuende Publikum auf der Tanzfläche.

Freitag, den 22ten Januar 1926

Mariandl erzählte mir heute, in München sei jetzt das *Charleston*-Fieber ausgebrochen. Das sei ein neuer wilder Tanz aus Amerika, der Anfang des Jahres über London und Paris nach Berlin herübergekommen sei und dort voll eingeschlagen habe. Bin gespannt, ob er im Karneval, der bei den Leuten hier *Fasching* heißt, auch im Undosa zu sehen sein wird.

Sonntag, den 7ten Februar 1926

In den letzten Wochen ist der See am Ufer der Strandpromenade zugefroren, aber noch nicht in der Mitte. Einige Mutige wagen sich aufs Eis, suchen aber schnell wieder das Weite, wenn von fern ein dumpfes Krachen zu hören ist. Genieße bei Spaziergängen in der Sonne die zauberhafte Winterlandschaft und den herrlichen Blick von der Seepromenade aufs verschneite Gebirge über dem südlichen See.

Montag, den 26ten April 1926

Vor drei Wochen hat man zu Ostern die Schifffahrt wieder aufgenommen. Seither kommen am Wochenende immer mehr Tagesausflügler, und unter der Woche stellen sich allmählich auch Hausgäste ein. Die Nähe des Bahnhofs ist günstig und verspricht eine lebhafte Saison.

Mittwoch, den 26ten Mai 1926

Nach dem turbulenten Pfingstwochenende hatte ich heute einen freien Tag und konnte meinen ersten Dampferausflug machen. Dicht bewaldete Uferregionen mit Blick auf viele herrschaftliche Villen. Die Fahrt führte über die Orte Berg und Leoni nach Possenhofen. Konnte vom Landesteg aus zwischen den Bäumen das herrschaftliche Schloss Possenhofen entdecken. Unternahm dann einen langen Spaziergang über den sonnigen Uferweg zur Roseninsel, wie Mariandl es mir empfohlen hatte. Kam dort mit einen alten Fischer ins Gespräch, der mir erzählte, das Türmchen, das aus den hohen Bäumen der Insel herausspitzt, gehöre zum *Casino*, einer kleinen Sommer-Villa, die sich König Max II. dort hat bauen lassen. Früher sei ein großer Rosengarten dabei gewesen, der sei jetzt aber verwildert. Vorher habe die Insel seinem Großvater gehört, dem Fischer Kugelmüller, bis sie ihm der König vor siebzig Jahren abgekauft habe.

Zeigte mir dann einen Parkweg, der nach Feldafing hinauf zum vornehmen Hotel *Kaiserin Elisabeth* führt.

Im Hof stattlicher Remisen-Bau und Stallungen, im Inneren stilvolles Mobiliar. Nahm einen Kaffee auf der Südterrasse und genoss den wunderbaren Bergblick. Die freundliche Bedienung verriet mir, hier sei Sisi, die Kaiserin von Österreich, jedes Jahr abgestiegen, wenn sie zum jährlichen Sommerurlaub an den Ort ihrer Kindheit kam. Wenn sie in ihrem Sonderzug mit fünfzig Bediensteten, sechzehn Reitpferden und eigenem Tafelgeschirr aus Wien angereist sei, habe ihr das ganze Dorf am damaligen Hotel *Strauch* einen Riesenempfang bereitet. Meistens sei sie Mitte des Jahres für drei bis vier Wochen da gewesen, und das immerhin vierundzwanzig Sommer lang.

Heimfahrt nach Starnberg mit der Eisenbahn vom alten Bahnhof Feldafing aus, an dem die Kaiserin immer angekommen war. Wunderbarer Ausflug, bei dem ich zunehmend den Reiz von Spaziergängen entdeckte und der mich zu weiteren solchen Unternehmungen anregt.

Donnerstag, den 10ten Juni 1926

War heute Nachmittag beim Tanztee im Undosa, weil Mariandl gemeint hatte, diese Veranstaltung müsse man unbedingt einmal erlebt haben. Es war wirklich so, wie sie gesagt hatte: Zu den Klängen einer Einmann-Kapelle mit Akkordeon, Mundharmonika und fußbedienter Pauke bewegten sich reifere Herrschaften elegant über die Tanzfläche auf der Seeterrasse. Mehrere braungebrannte Herren traten in weißer Kapitänstracht mit Schirmmütze und goldenen Litzen auf, einige auch in Offiziersuniform mit Eisernem Kreuz und Ordensspangen. Die kaum jüngeren, aber recht glutäugigen Damen trugen lange Kleider, die ebenso teuer wirkten wie ihre Colliers und Armreife. Viele von ihnen waren ohne Begleitung da, was sie für manche Herren offenbar besonders attraktiv machte. Jüngere Damen in fließenden Gewändern und Topfhütchen, wie sie derzeit in Mode sind, waren nicht vertreten. Kam mir vor wie im Theater und habe mich bei Tee und Baumkuchen zwei Stunden lang herrlich amüsiert.

Sonntag, den 27ten Juni 1926

Habe gestern zum ersten Mal das ganze Wochenende frei gehabt und mir vorgenommen, bei der augenblicklichen Schönwetterlage um den See herumzuwandern. Mariandl hat nur laut gelacht, als ich ihr gesagt habe, was ich vorhabe, und gemeint, das seien ja mehr als fünfzig Kilometer, das schaffe ich nie. Hat mir dann aber den Weg genau erklärt und vor allem auch die Namen der Schlößer gesagt, an denen ich vorbeikomme, und auch die der Wirtschaften am See, die allerdings erst zu Mittag aufmachen.

Bin ganz früh um vier losgegangen, als es noch dunkel und die Luft kühl war. Bin über den westlichen Uferweg, vorbei am Schloß Possenhofen, zum Steg gegenüber der Roseninsel bei Feldafing gekommen, als gerade die Sonne aufging. Roter Himmel über der Insel, spiegelglatter See, im Süden die weißen Spitzen der Gebirgskette in hellblauer Morgenluft. Überall feierliche Stille bis auf verhaltenes Vogelgezwitscher in den Baumkronen. Die Schwäne schliefen noch mit dem Kopf unterm Flügel, ein paar Blässhühner waren schon unterwegs.

Vorbei am Schloß Garatshausen der Thurn und Taxis nach Tutzing, wo die ersten Frühglocken läuteten. Um den *Karpfenwinkel* herum vorbei am Schloß Seeseiten. Über den Uferweg unterhalb der alten Klosterkirche von Bernried nach Seeshaupt zum südlichen *Seespitz*. Im Gasthof *Alte Post* oberhalb des Dampferstegs herrschte noch feiertägliche Ruhe. Erste Rast am See bei Sankt Heinrich, dem Heimatdorf von Mariandl. Weiter über den östlichen Uferweg nach Ambach zum Gasthof *Fischmeister*, der noch geschlossen war, und vorbei an den Schlößern Ammerland, Seeburg und Allmannshausen. Es wurde recht warm, aber es blieb erträglich, weil der Weg meistens im Schatten hoher Bäume lag.

In Leoni kleine Brotzeit im Innenhof der urigen Gastwirtschaft. Fernes Mittagsläuten von Tutzing her über den See. Weiter über den Schloßpark von Berg mit der mächtigen Votivkapelle des bayrischen Märchenkönigs Ludwig II. Am Schloßhotel in Berg wimmelnder Mittagsbetrieb von Sonntagsausflüglern am Dampfersteg und auf der Seeterrasse. Traumhafter Blick hinüber nach Starnberg. Nachmittags den Uferweg entlang mit edlen Villen in schattigen Parkanlagen und vorbei an der alten Schiffswerft bei der Würm-Brücke in Percha. Gegen vier wieder zurück im Bayerischen Hof. Mariandl machte große Augen und war im Zweifel, ob ich nicht doch den Dampfer genommen hätte. Habe auf dieser großartigen Wanderung am meisten die stille Natur am frühen Morgen genossen, mit der es allerdings zum Vormittag hin leider schnell vorbei war.

Montag, den 26ten Juli 1926

Bin heute an meinem freien Tag mit dem Dampfschiff nach Tutzing gefahren, einem beliebten Ausflugsort am Westufer. Neben dem Landesteg einige Fischeranwesen mit Bootshäusern und eine hübsch angelegte Seepromenade mit Hinweistafel, hier habe Johannes Brahms während eines längeren Urlaubs komponiert. Auf dem Weg zur Ortsmitte mächtiger Hotelbau namens *Seehof* mit durchgehenden Balkonen an der Fassade, die einen phantastischen See- und Gebirgsblick versprechen. Gegenüber eine große Schloßanlage, das *Vieregg-Schlößl*, dessen hohe Mauern allerdings den Blick in den weitläufigen Park mit prächtigem Baumbestand verwehren. Einkehr zur Brotzeit im schattigen Biergarten vom *Andechser Hof*, einem alten Wirtshaus an der Hauptstraße.

Mariandl hatte mir empfohlen, mich droben am Bahnhof nach einer Kutsche umzusehen, die auf die *Ilka-Höhe* fährt, einen Bergrücken oberhalb von Tutzing. Hatte das Glück, dort einen Kutscher mit zwei Münchner Ausflüglern anzutreffen, die das gleiche Ziel hatten. Vom Wanderweg oben am Hügelkamm großartiger Ausblick auf die Gebirgskette über dem südlichen See, wohl eines der schönsten Bergpanoramen der ganzen Gegend. Kleiner Spaziergang zu einem alten Kirchlein mit Friedhof und vorbei an Wiesenhängen mit Weidevieh zum stattlichen Hofgut eines Freiherrn, zu dem auch das Forsthaus neben der Kapelle gehört.

Mit der Kutsche durch eine duftende Lindenallee und einen schattigen Waldweg zurück nach Tutzing. Heimfahrt mit der Eisenbahn. Wieder ein großartiger Tag, der mich erneut für Wanderungen am See begeistert hat und auf den Gedanken bringt, mich vielleicht auch einmal beim Hotel *Kaiserin Elisabeth* zu bewerben.

Mittwoch, den 15ten September 1926

Die Tageszeitung der Region, der *Starnberger Land- und Seebote*, berichtet, Deutschland sei Ende letzter Woche bei der Versammlung des Völkerbundes in Genf als Mitglied aufgenommen worden. Dies sei möglich geworden durch den Vertrag von Locarno vom vergangenen Jahr, demzufolge Deutschland für die Anerkennung seiner neuen Westgrenzen garantieren sollte. Die diplomatische Rede des deutschen Politikers Stresemann habe vor allem bei Frankreich großen Beifall gefunden. Nach all den bitteren Kriegsjahren und politischen Wirren der letzten Jahre nehme ich diese Entwicklung mit Erleichterung auf.

Mittwoch, den 5ten Januar 1927

Die Tageszeitung meldet verspätet, daß vor einer Woche der Dichter Rainer Maria *Rilke* völlig überraschend mit einundfünfzig Jahren im schweizerischen Montreux verstorben sei. Hatte seinerzeit, als er schlagartig bekannt geworden war, in Biarritz durch Zufall seine Erzählung *Die Weise von Liebe und Tod des Cornets Christoph Rilke* in die Hand bekommen und sie begeistert gelesen. Später in Bordeaux hatte ich in einer internationalen Buchhandlung *Die Aufzeichnungen des Malte Laurids Brigge* gefunden und mich von der Prosadichtung sehr angesprochen gefühlt. Habe die beiden Bändchen heute in meinem Gepäck wiedergefunden und will gelegentlich nochmals darin lesen.

Feldafing

Hotel *Kaiserin Elisabeth*

Dienstag, den 15ten März 1927

Nach einigem Hin- und Her-Überlegen habe ich mich entschlossen, für die neue Saison in der *Kaiserin Elisabeth* in Feldafing nach einer Stelle zu fragen. Bin heute mit der Eisenbahn dorthin gefahren und habe mich bei der recht jung wirkenden, lebhaften Gattin des Pächters vorgestellt. Im Gespräch merkte diese beiläufig an, sie habe vor fünf Jahren hier eingeheiratet und sei seither hauptsächlich mit Hotelbuchungen und Personalwesen betraut. Von meinen bisherigen Arbeitgebern und meinen Sprachkenntnissen schien sie angenehm überrascht und bot mir eine kurzfristige Einstellung für Anfang April an.

Freitag, den 1ten April 1927

Bin heute mit dem Zug nach Feldafing gefahren und wurde vom Hausknecht am Bahnhof mit einer Karre fürs Gepäck erwartet. Bekam im Hotel eine nette Mansarde mit Blick hinüber ans Ostufer zugewiesen. Wurde als der neue Oberkellner bei den Mitarbeitern vorgestellt, die alle recht aufgeschlossen wirkten. Derzeit sind erst wenige Hausgäste da, dafür umso mehr Tagesgäste, vor allem zur Kaffee-Zeit und zu größeren Abendgesellschaften.

Das wird sich wohl in zwei Wochen schlagartig ändern, wenn zu Ostern die Dampfschifffahrt wieder beginnt.

Mittwoch, den 25ten Mai 1927

Die Tageszeitung berichtet, am vergangen Wochenende sei ein Charles Lindbergh Non-Stop von New York nach Paris geflogen. Er sei mit seiner Maschine, der *Spirit of Saint Louis*, am Freitag in Long Island gestartet und am Samstag nach 33 Stunden und einer Flugstrecke von 5.800 Kilometern in Le Bourget gelandet. Amerika feiere ihn als Nationalhelden, aber auch für die Hotelgäste bietet diese Pionierleistung reichlich Gesprächsstoff und löst Begeisterung aus.

Pfingstmontag, den 6ten Juni 1927

Habe hier schon die meisten Stammgäste kennengelernt und bin mit einigen Ehepaaren, die meisten davon Villenbesitzer in Feldafing, ins Gespräch gekommen. Sie lassen sich oft einen Tisch reservieren, an dem ich bediene, und lassen sich gerne auf einen launigen Plausch ein. Nachdem sie mich zunächst scherzhaft mit *Monsieur Frédéric* tituliert hatten, sprechen sie mich neuerdings auch häufig mit *Monsieur Fritz* an. Das kommt offenbar daher, dass man von der Chefin des Hauses erfahren hat, ich hätte früher schon in Frankreich und der Schweiz gearbeitet.

Freitag, den 8ten Juli 1927

Gestern trotz lebhaften Betriebs erstmals längeres Gespräch mit einem seriösen Herrn etwa meines Alters, den ich als Hausgast schon ein paar Mal bedient hatte. Auf seine Frage, warum die Stammgäste mich mit *Monsieur Fritz* ansprechen, erklärte ich ihm den Zusammenhang mit meinen früheren Stationen im Ausland. Er nickte amüsiert und stellte sich mir als Dr. Georg Richter vor. Er sei Kunsthistoriker und Sammler, habe früher in München gelebt und komme immer wieder gern nach Feldafing, weil er diese Gegend liebe.

Nach dem Krieg habe er hier von einem Kaufmann Enders ein kleines Sommerhaus ganz in der Nähe gekauft, das er *Villino* nannte. Vor vier Jahren habe er es mit großem Verlust aber wieder hergeben müssen, und zwar für zwei Billiarden Papiermark, die leider ziemlich wertlos waren. Im Jahr darauf sei er nach Florenz umgezogen und käme ab und zu nach Deutschland. Dann sehe er immer nach dem Häuschen, an dem sein Herz unverändert hänge. Er versuche, seine Reisen möglichst auf den Herbst und das Frühjahr zu legen, um im Einvernehmen mit dem neuen Besitzer die Edelrosen zu schneiden, deren Aufzucht und Pflege früher sein Steckenpferd gewesen seien. Momentan sei er hier, um die Auflösung eines Kunstverlags in München abzuwickeln.

Seinerzeit habe er das *Villino* bisweilen guten Freunden als Urlaubsdomizil zur Verfügung gestellt, unter anderem auch dem Münchner Schriftsteller Thomas Mann, der sich beim Ankauf finanziell beteiligt hatte. Während seiner Aufenthalte sei dieser zu einigen Passagen für einen neuen Roman angeregt worden, der im Schweizer Davos spiele. Besonders angetan sei er davon gewesen, daß es im Haus ein Grammophon gab. Herr Richter war ebenso überrascht wie erfreut, als ich anmerkte, ich hätte ebendiesen Autor und seine Gattin zufällig in Biarritz kennengelernt, als sie auf ihrer Hochzeitsreise im Jahr 1905 dort abgestiegen waren. Zum Abschied meinte er, ich müsse ihm gelegentlich mehr von mir erzählen, wenn er wieder mal im Lande sei.

Mittwoch, den 29ten September 1927

War gestern auf dem Oktoberfest in München. Mariandl hatte mir eine Postkarte geschickt, ich müsse dieses berühmte Volksfest unbedingt besuchen. Sie wolle am nächsten Dienstag mit ihrem Freund den Nachmittagszug in die Stadt nehmen, und wir könnten uns um vier am Eingang zum Augustiner-Festzelt treffen. Das machte mich neugierig. Nahm mir für diesen Tag frei und fand trotz des gewaltigen Trubels die beiden am genannten Treffpunkt. Der Freund, ein netter Busche aus Mariandls Heimatdorf, heißt Maxl und arbeitet als zweiter Steuermann bei der Seenschifffahrt.

Im Gedränge unzähliger Besucher zogen wir zuerst über die lärmende *Wiesn*, schauten uns ein paar Schausteller, Schmankerlbuden und Fahrbetriebe an und fuhren Karussell und Geisterbahn. Hatte noch nie ein so riesiges Volksfest erlebt wie dieses und staunte nicht schlecht über die monumentale Bronzefigur der *Bavaria*, die von der Theresienhöhe herunterschaut. Zum Schluss kehrten wir zu Bier und Brotzeit in eines der Festzelte ein, wo es bei zünftiger Blasmusik und lautstarken Gesängen hoch herging und ich zum ersten Mal erlebte, was man unter *Schunkeln* versteht. Mit dem letzten Abendzug ging es wieder nach Hause, wobei in allen Abteilen weiter gesungen und geschunkelt wurde. Ein richtig lustiger Tag, an dem ich wieder ein neues Stück Bayern kennengelernt habe, wie ich es bisher noch nicht erlebt hatte.

Montag, den 3ten Oktober 1927

Heute Spaziergang hinauf zur Höhenbergstraße von Feldafing mit ihrer vornehmen, teilweise auch protzigen Villenkolonie, deren Besuch mir einige meiner Stammgäste empfohlen hatten. War ziemlich sprachlos, welcher Reichtum sich in der Zeit um die Jahrhundertwende bis zum Krieg hin hier ausgebreitet hat und solche Prachtbauten mit riesigen Parkanlagen entstehen ließ. Am meisten war ich beeindruckt von den pompösen Villen *Seewies* und *Waldberta*, die eher wie herrschaftliche Schlösser aus fernen Zeiten wirkten.

Vom Höhenberg abwärts führte ein kleiner Treppenweg namens *Himmelsleiter*, dessen Name mich unwillkürlich an die *Rue de l'Échelle* in Paris erinnerte. Meinte dabei, im *Felix Krull* den Namen *Rue de l'Échelle au Ciel* gelesen zu haben, und kann mir vorstellen, daß sein Autor auf seinen Spaziergängen durch Feldafing diesen Fußsteig entdeckt und den Namen später in seinem Roman für die Pariser Zeit seines Helden verwendet hat.

Montag, den 10ten Oktober 1927

Habe heute bei herrlicher Herbstsonne und Föhnwolken einen einsamen Waldweg in Richtung Tutzing genommen. Sah dabei von weitem eine kleine Villa, die ein Spaziergänger mit Hund auf meine Nachfrage hin *Villa Enders* nannte. Als ich näher kam, entdeckte ich am Zaun unverhofft einen Mann mit Gärtnerschürze, der am Rosenschneiden war, und erkannte ihn zu meiner Verblüffung als Herrn Dr. Richter. Das also war das *Villino*. Konnte es kaum fassen, daß ich es per Zufall wie eine Stecknadel im Heuhaufen gefunden hatte. Er bat mich zu einem kleinen Plausch herein auf die Terrasse und meinte, der Eigentümer sei vor zwei Wochen wieder nach München zurückgefahren und kümmere sich kaum um den Garten. Er fragte mich kreuz und quer über meine Nomadenzeit aus und staunte, von welch kuriosen Erlebnissen in Lissabon, Biarritz, Bordeaux und Zürich ich ihm berichten konnte.

Von unserer Gartenbank unter der Pergola aus hatten wir einen großartigen Blick über den See hinüber zum Ostufer, wo auf einer Anhöhe ein mächtiges Bauwerk zu erkennen war. Auf meine Nachfrage erzählte Herr Richter, dies sei das ehemalige Hotel *Rottmannshöhe*, das jetzt von Jesuiten als Exerzitienhaus genutzt werde. Der Zuspruch sei unmittelbar nach Kriegsende gewaltig gewesen und auch jetzt noch ganz beachtlich. Vielleicht habe der Blick dort hinüber auch Thomas Mann inspiriert, weil er ihn einmal bei einem seiner Aufenthalte hier intensiv über den Jesuitenorden ausgefragt habe. Er habe damals nebenbei erwähnt, sein neuer Roman, der in einer Kurklinik in Davos spiele, werde voraussichtlich den Titel *Der Zauberberg* erhalten. Er denke daran, sich in einem der Kapitel mit dieser militanten Ordensgesellschaft auseinanderzusetzen.

Recht angeregtes Plauderstündchen zwischen den prächtig gewachsenen Rosenbüschen mit dem schwachen Duft ihrer letzten Blüte. Trennten uns mit dem festen Vorsatz, uns unbedingt wiederzusehen.

Donnerstag, den 6ten Oktober 1927

Nutzte heute eine der letzten Dampferfahrten der Saison zu einem Ausflug nach Seeshaupt an der südlichen Seespitze. Direkt oberhalb des Landungsstegs das Hotel *Alte Post*. Von der Terrasse aus prächtiger Blick über den See nach Norden bis hinauf nach Starnberg. Großes Entrée, eher schlichtes Restaurant mit bayrischer Küche, daneben ein geräumiger Festsaal. Fragte an der Rezeption nach einer Vakanz und wurde zum Hotelier weitergeschickt. Freundlicher Patron mit lederner Kniehose und im landesüblichen Lodenjanker. Der meinte, über den Winter sei keine Stelle frei, aber zum Saisonanfang im nächsten April vielleicht schon. Bot Einstellung zu Ostern an, wenn die Dampfschifffahrt wieder angehe. Wies mit einigem Stolz darauf hin, hier habe der bayrische König Ludwig II. immer Station gemacht, wenn er nachts mit der Kutsche von München oder Berg zu seinem Schloss Neuschwanstein unterwegs gewesen sei.

Anschließend Spaziergang durch den hübschen Fischerort. Dabei gefielen mir besonders die schmucken Landhäuser mit den Balkonen, an denen noch letzte Geranien blühten. Die Leute waren recht zugänglich und empfahlen mir, ich solle einen Spazierweg durch eine buntgefärbte Linden- und Kastanien-Allee nehmen. Der führe zu einer Hügelkuppe über einem kleinen See, der zu den südlich davon gelegenen *Osterseen* gehöre. Dort bot sich mir ein überwältigender Blick auf die Gebirgskette, deren Spitzen schon weiß waren, und auf einen Weiher, dessen Schilfgürtel und der blaue Himmel sich im dunklen Wasser spiegelten. Eine friedliche Landschaft, auf die ich mich schon jetzt freue.

Dienstag, den 10ten Januar 1928

Seit einer Woche immer wieder Schneefälle. Die alten Bäume mit ihrer Schneelast am Weg zur Roseninsel wirken wie verzaubert. Habe mittlerweile von unseren Stammgästen erfahren, daß die Parkanlagen auf der Insel ebenso wie die Uferregion Mitte des letzten Jahrhunderts im Auftrag von König Max II. angelegt worden seien, und zwar von einem Berliner Landschaftsarchitekten namens Lenné. Vor zwei Jahren wurde hier auch ein Golf-Club gegründet, der einen großen Teil der weiten Naturwiesen in Rasenflächen verwandelt und dem Hotel *Kaiserin Elisabeth* einen regen Besuch beschert hat. Habe gestern einen wunderbaren Winterspaziergang hinunter zur Roseninsel gemacht und die reizvoll angelegten Sichtachsen zwischen den verschneiten Baumgruppen bewundern können.

Mittwoch, den14ten März 1928

Heute kam ganz überraschend Dr. Richter zur Kaffeezeit herein und erzählte, er komme soeben vom Frühjahrsschnitt der Rosenbüsche am Villino, die bereits auszutreiben beginnen. Er wohne derzeit im Hotel *Simson* in Tutzing, wo er sich mit ein paar Freunden getroffen habe, darunter auch das Ehepaar Mann.

Da erst wenige Gäste da waren, hatten wir etwas Zeit zum Plaudern. Dabei kam er darauf zu sprechen, es seien auf den Tag genau neun Jahre her, daß er und Thomas Mann zur ersten Villino-Besichtigung hier gewesen seien und für ein paar Tage in der *Kaiserin Elisabeth* gewohnt hätten. Mit einer gewissen Belustigung denke er an eine Episode zurück, die hier im Hause für allgemeine Aufregung gesorgt habe. Der auf seine Gesundheit äußerst bedachte Schriftsteller habe sich nämlich vehement über die unbeheizten Zimmer beschwert und mit Abreise gedroht. Schließlich habe er sich durch die gute Küche des Hauses einigermaßen beschwichtigen lassen, sodaß der Ankauf des Villino doch noch über die Bühne gehen konnte. Dieses Hotel scheine es Thomas Mann aber doch irgendwie angetan zu haben, weil er hier vor zwei Jahren im Juli – nicht ganz zufällig am Geburtstag seiner Frau Katia – die Hochzeit seiner Tochter Erika mit dem Schauspieler Gustaf Gründgens ausgerichtet habe.

Bei der Verabschiedung teilte ich Herrn Richter mit, daß dies wohl unser letztes Treffen in diesem Hause gewesen sei, weil ich ab Ostern eine neue Stelle im Hotel *Alte Post* in Seeshaupt antreten werde. Er meinte aber, daß einem Wiedersehen auch an diesem ebenso schönen Ort wohl nichts im Wege stehe, so lange es hier noch Dampfschiffe gebe.

Seeshaupt

Hotel *Alte Post*

Dienstag, den 10ten April 1928

Habe vor drei Tagen eine Kutsche bestellt und mich mitsamt meinem Gepäck an die Anlegestelle Possenhofen bringen lassen. Das Dampfschiff hatte an diesem Ostersamstag den Betrieb wieder aufgenommen, und so kam ich nach angenehmer Fahrt unter strahlend-blauem Himmel in Seeshaupt an. Bekam ein kleines Zimmer im Dachgeschoß mit wunderbarem Seeblick. Musste erst gestern den Dienst antreten, sodaß ich mich in aller Ruhe im Hause und am Ort umsehen konnte.

Mittwoch, den 2ten Mai 1928

Habe heute Nachmittag nochmals den Spaziergang über die jetzt frisch begrünte Allee zu dem kleinen See gemacht und auch diesmal den malerischen Blick auf die Voralpenkette genießen können. Bin durch ein Hochmoor über einen Feldweg wieder zur Sankt Heinricher Straße gelangt und auf dem Rückweg zur *Alten Post* an einer herrschaftlichen Villa in einem großzügig angelegten Park vorbeigekommen. Eine junge Frau, die ich an der Straße ansprach, erklärte mir, dies sei die *Villa Ebers*. Früher habe man sie auch das *Russen-Schlößl* genannt, weil der vormalige Besitzer ein Staatsbeamter aus Sankt Petersburg gewesen sei.

Montag, den 11ten Juni 1928

Bin heute Vormittag bei weiß-blauem Himmel und herrlicher Luft über einen Wanderweg durchs Schilf ans
Ostufer hinüber zum Fischerdorf Sankt Heinrich spa-
ziert, dem Heimatort von Mariandl. Einkehr im Biergarten eines ländlichen Wirtshauses neben der Zwiebelturmkirche. Die gesprächige Wirtin erzählte mir, man sei
hier stolz darauf, daß der Heimatroman *Die Fischerrosl
von Sankt Heinrich* in ihrem Dorf spiele. Er sei im Auftrag von König Ludwig II., dem der See sehr am Herzen
gelegen habe, von einem Maximilian Waldschmidt verfasst worden, und der sei mit dieser Erzählung in ganz
Deutschland bekannt geworden.

Montag, den 9ten Juli 1928

Habe heute früh eine Wanderung dem Seeweg entlang
nach Bernried am Westufer gemacht. Alte Klosteranlage
mit großer Zwiebelturmkirche auf einer Anhöhe über
dem See. Vor dem Torbogen zum schattigen Klosterhof
bescheidenes, wohl älteres Wallfahrtskirchlein mit viel
Gold am Altar und an den Heiligenfiguren. Eine Frau
von gegenüber, die den Schlüssel zur Eingangstür hatte,
zeigte mir in einer kleinen Seitenkapelle das *Gnaden-
bild*, eine ziemlich rustikale Schnitzfigur einer Madonna,
die ihren toten Sohn auf dem Schoß beweint, früher angeblich auch mit blutigen Tränen. Beim Spaziergang
durchs Dorf viele alte Bauernhäuser mit üppigen Blu-
mengärten. Einkehr zur Brotzeit im urigen Dorfgasthaus,

in dessen Biergarten sich auch ein schlichter Festsaal aus Holz mit großen Fenstern befindet. Von der redseligen Bedienung erfuhr ich, dies sei das *Salettl*, in dem ab und zu Münchner Künstler *kracherte* Feste veranstalten würden, wo es immer recht hoch hergehe. Das wildeste davon sei am Fronleichnamstag vor fünf Jahren gewesen, als ein norwegischer Maler namens Olaf Gulbransson zusammen mit seiner Schwabinger Clique Verlobung und Polterabend zugleich gefeiert hätte.

Sonntag, den 2ten September 1928

Kam heute im Restaurant mit einem freundlichen Herrn ins Gespräch, den ich schon mehrere Male zur Mittagstafel bedient hatte. Er ist etwa in meinem Alter und stellte sich mir als Kunstmaler Hermann Ebers vor. Er wohne ganz in der Nähe im *Russen-Schlößl*, das mir bereits als *Villa Ebers* aufgefallen war, und habe sich dort im Garten ein kleines Atelierhaus gebaut. Sein Vater, Georg Ebers, sei Ägyptologe gewesen und habe in Kairo auf dem Bazar zufällig eine Papyrus-Rolle gefunden, die das medizinische Wissen der alten Ägypter aus der Zeit vor über dreitausend Jahren enthalten habe. Durch diesen zufälligen Fund, der nach ihm der *Papyrus Ebers* benannt wurde, sei er ebenso berühmt geworden wie durch seine späteren Romane, die alle in Ägypten spielten und eine beachtliche Leserschaft gefunden hätten. Er lud mich ein, doch mal vorbeizukommen und seine Bilder anzuschauen.

Mittwoch, den 3ten Oktober 1928

Heute hatte ich freien Nachmittag und begab mich zunächst zum Landesteg, wo soeben der Dampfer angelegt hatte. Erstaunlich, wie viele Leute trotz Saisonende da noch unterwegs waren. Danach spazierte ich zur *Villa Ebers* hinüber und sah hinten im Park den Maler, wie er Bilder aus dem Atelier heraustrug und sie, wohl zum Trocknen, auf eine schattige Bank stellte. Er sah mich am Tor stehen und winkte mir zu, herein zu kommen. Seine Werkstatt hatte große Nordfenster und war voll von Ölbildern an der Wand gegenüber, die meisten aus der Region um den See. Fand sie alle sehr ansprechend. Einige erinnerten mich mit ihrer wunderbaren Lichtwirkung an französische Impressionisten. Der Künstler erwähnte beiläufig, daß er viele seiner Gemälde an Freunde verschenkt habe. Noble Geste, kann darüber nur staunen. Zum Schluss erzählte er, die Villa habe er ein paar Jahre vor dem Krieg erworben und restaurieren lassen. Er wohne jetzt schon seit siebzehn Jahren hier und hoffe, dies werde trotz anhaltender Inflation auch so bleiben.

Dienstag, den 6ten November 1928

Der *Starnberger Land- und Seebote* berichtet, das Luftschiff *Graf Zeppelin LZ 127* sei am 1ten November von seinem Transatlantik-Flug nach Amerika unter großem Jubel wieder in Friedrichshafen gelandet. Mitte Oktober sei es vom Bodensee aus gestartet gewesen und habe nach knapp fünftägigem Flug New York erreicht. Unterwegs seien bei einem Unwetter Teile der Stoffbespannung eingerissen und während des Weiterflugs über den Ozean in einem heroischen Einsatz vom Bordpersonal provisorisch repariert worden. Nach Instandsetzung vor Ort habe die *LZ 127* Ende Oktober den Rückflug von New York antreten können. Da jetzt nur noch wenige Hausgäste da sind, löste diese Nachricht kein besonderes Echo aus.

Montag, den 20ten Mai 1929

Vergangene Woche hat Herr Ebers mich für heute zum Tee eingeladen. Er habe Zeit, da seine Frau momentan verreist sei. Er erzählte, nach dem Einzug in die Villa Mitte April 1911 seien unter den ersten Gästen Thomas und Katia Mann gewesen, die schon nach einer Woche zur Besichtigung gekommen seien. Beide seien hell begeistert gewesen, vor allem Thomas, der den Blick von der oberen Etage auf den See *ostsee-artig* genannt habe, weil ihn dieses Panorama an seine Kindheit in Travemünde erinnert habe. Bei einem weiteren Besuch zehn Jahre später hätten die Manns sogar überlegt, sich hier ein eigenes *Schlößchen* zu bauen. Bei dieser Gelegenheit habe er Thomas eine Mappe mit einer Reihe von Lithographien gezeigt, die er nach der berühmten *Josephslegende* aus dem Alten Testament angefertigt hatte. Er habe dabei ihm gegenüber den Wunsch geäußert, er möge vielleicht ein Geleitwort für die Sammelmappe verfassen, weil er sich davon für die Präsentation in

107

München vermehrte Aufmerksamkeit versprochen habe. Außer wohlwollender Zustimmung habe er aber trotz gelegentlicher Nachfragen leider nichts mehr davon gehört. Weil ich hier eine gewisse persönliche Enttäuschung bei ihm heraushörte, habe ich vorerst mit der Bemerkung zurückgehalten, dem Ehepaar Mann bereits 1905 auf ihrer Hochzeitsreise in Biarritz begegnet zu sein.

Donnerstag, den 25ten Juli 1927

Die *Münchner Neuesten Nachrichten*, die mit etwas Verzögerung hier eintreffen, berichten, vor drei Tagen sei der Turbinen-Dampfer *Bremen* der Norddeutschen Lloyd nach dem Auslaufen in Cherbourg nach knapp fünftägiger Fahrt in New York angekommen. Dies sei ein großer Triumph deutscher Technik, ebenso wie zehn Tage zuvor die ersten Probeflüge des zwölfmotorigen Riesenflugbootes *Dornier Do X* am Bodensee. Diese gefühlte *Wiedergeburt Deutschlands* löste aller Rezession zum Trotz bei den überwiegend deutschen Hausgästen Begeisterung aus und wird wohl noch einige Zeit Tagesgespräch bleiben.

Montag, den 23ten September 1929

Habe heute einen Spaziergang der östlichen Seestraße entlang in Richtung Sankt Heinrich gemacht. Wunderbarer Herbsttag, beginnende Färbung der alten Bäume. Auf dem Rückweg spontaner Besuch bei Herrn Ebers mit kleinem Plausch auf der Bank vor dem Atelier. Er fragte dieses Mal beiläufig danach, wo ich überall herumgekommen sei, und staunte nicht schlecht über meine Erlebnisse in Portugal, Frankreich und der Schweiz. Er selbst war als Freiwilliger im Krieg gewesen und danach Anfang der zwanziger Jahre viel durch Europa gereist, so für einige Zeit nach Dalmatien und Hiddensee, aber auch kreuz und quer durch Italien, Holland und England.

Wollte ihm jetzt nicht mehr vorenthalten, daß ich in Biarritz Thomas Mann auf der Hochzeitsreise mit Frau Katia kennengelernt und ihm meine Tagebuchaufzeichnungen bis zum Jahr 1904 überlassen hatte. Allerdings sah ich davon ab, über meine Entdeckung seines *Felix Krull*-Romans in Zürich zu sprechen. Herr Ebers wunderte sich, dass ich diese Begegnung erst jetzt erwähne, war aber von diesem Zufall sehr angetan. Meinte zum Schluss, daß sich die Manns vielleicht über ein Wiedersehen freuen würden. Für diesen Fall gab er mir ihre Münchner Adresse in der Poschinger Straße mit und bat mich, Grüße auszurichten.

Montag, den 30ten September 1929

Machte heute Vormittag einen Dampferausflug ans gegenüber liegende Ostufer, wo ich bereits früher von der *Kaiserin Elisabeth* aus zwei kleinere Ortschaften mit großen Gasthöfen entdeckt hatte, die ich bei meiner Seeumrundung als Leoni und Berg kennengelernt hatte. Sah neben dem Landesteg in Ammerland ein nettes Schlößchen mit Zwiebeltürmen, von dem ein Mitreisender berichtete, es gehöre der Familie eines Grafen Pocci, der Kammerherr an der Münchner Residenz gewesen sei und die Figur des Kasperl Larifari erfunden habe. Ich hatte es von meiner Seewanderung her als Schloß Ammerland im Gedächtnis behalten. Bei der kleinen Ortschaft Leoni ging ich am idyllisch gelegenen Seegasthof von Bord, der mit seinem Türmchen und seiner ockergelben Farbe von weitem fast wie ein kleines Schlößchen wirkte. Im Innenhof hatte ich seinerzeit bei meiner Seerunde Rast gemacht.

Traf beim Schanktisch den Wirt an und fragte nach, ob für nächstes Jahr eine Vakanz zu erwarten sei. Bekam die Auskunft, das sei bislang nicht abzusehen – ich könne mich aber zum Anfang des nächsten Jahres nochmals melden. Nahm einen Kaffee im Innenhof und spazierte dann in der Wartezeit auf den nächsten Dampfer ein paar Schritte den Seeweg entlang. Bei einem mächtigen Landhaus, das hübsch mit Heiligenfiguren bemalt war, kehrte ich um und kam mit einem Fischer ins Gespräch, als ich ihm beim Netzeflicken zusah. Er erzählte mir, ihm gehörten die beiden Bootshäuser neben dem Gasthof und auch das Fischerhaus gegenüber. Sein Großvater, der Fischer Gastl, sei der erste Stegwart von Leoni gewesen. Der Ingenieur Himbsel, der vor achtzig Jahren die Dampfschifffahrt eingerichtet hatte, habe sich ein paar Schritte weiter das schöne Haus mit der *Lüftlmalerei* gebaut, das ich vielleicht gesehen hätte.

Mit dem nächsten Dampfer ging es weiter zum stattlichen *Schloßhotel* in Berg, dessen Lage am Ufer mir recht gut gefiel. Hatte hier mit meiner Anfrage mehr Glück und bekam vom recht leutseligen Chef das Angebot, Ende April nächsten Jahres die Stelle des ausscheidenden Oberkellners zu übernehmen. Sagte ohne längere Überlegung zu und fuhr mit dem letzten Dampfer nach Seeshaupt zurück.

Dienstag, den 8ten Oktober 1929

Die *Münchner Neuesten Nachrichten* berichten in großer Aufmachung, der deutsche Reichsaußenminister Stresemann sei vergangenen Donnerstag in Berlin nach einem Schlaganfall verstorben und am Sonntag beigesetzt worden. Er habe große Anerkennung genossen, und man sei international in großer Sorge, ob seine Politik der Verständigung auch wirklich fortgeführt werde. Man halte diesen Verlust für sehr bedenklich, weil er sich nachteilig auf die Stabilität der Weimarer Republik auswirken könne.

Mittwoch, den 30ten Oktober 1929

Titelseite der *Münchner Neuesten Nachrichten*: Großer Börsenkrach an der Wall Street in New York am Donnerstag vergangener Woche. Die Nachricht vom *Schwarzen Donnerstag* habe am folgenden Tag Europa erreicht, wo man von einem *Schwarzen Freitag* spreche, und habe hier eine Kettenreaktion ausgelöst. Wenn die Amerikaner wegen Milliarden-Verlusten ihre Kredite in Europa abzögen, bedeute dies den Beginn einer Weltwirtschaftskrise. Am stärksten dürfte Deutschland davon betroffen werden, dessen Arbeitslosenstand von derzeit 1,6 Millionen innerhalb der nächsten Wochen voraussichtlich auf das Doppelte ansteigen werde. Empfinde diese Katastrophe auch für mich als sehr bedrohlich und kann nur hoffen, daß meine eigenen Vermögenswerte, die ich in Zürich belassen habe, im Depot auch wirklich dauerhaft gesichert sind.

Freitag, den 13ten Dezember 1929

Kurze Mitteilung in den *Münchner Neuesten Nachrichten*: Am vergangenen Dienstag habe Thomas Mann in Stockholm den Literatur-Nobel-Preis für *Die Buddenbrooks* erhalten. Die eigentlich erwartete Würdigung seines Romans *Der Zauberberg* sei von der Jury überraschend abgelehnt worden. Bin erfreut über diese hohe Ehrung und irgendwie auch stolz darauf, solch einen berühmten Autor persönlich kennengelernt zu haben.

Donnerstag, den 23ten Januar 1930

Titelseite der *Münchner Neuesten Nachrichten*: Vor drei Tagen hätten die Siegermächte in Den Haag die Reparationskosten für Deutschland auf über 34 Milliarden Reichsmark veranschlagt und die Erfüllung der Zahlungen auf rund fünfzig Jahre festgelegt. Dies habe zu heftiger Kritik seitens der NSDAP geführt, die seit September letzten Jahres als zweitstärkste Partei in Opposition zur Regierung der Weimarer Republik steht. Bin im Zweifel, ob diese unglaublich hohen Forderungen jemals erfüllt werden können, und habe auch im Blick auf die langfristige Laufzeit kein gutes Gefühl.

Sonntag, den 16ten März 1930

Heute kam Herr Ebers zur Mittagszeit in die *Alte Post*. Weil es noch recht ruhig zuging, konnten wir mehrmals kurz miteinander plaudern. Er meinte, ich hätte sicher von Thomas Manns Nobel-Preis gehört, aber vielleicht nicht davon, daß dieser mit 200.000 Reichsmark dotiert sei. Er habe erfahren, die Manns hätten sich davon zwei große Automobile und ein Ferienhaus in Nidden an der Ostsee geleistet. Ein Glück nur, daß die Zeiten der Inflation vorüber seien.

Als wir uns verabschiedeten, teilte ich ihm mit, daß ich Ende April eine neue Stelle im Hotel *Schloß Berg* antreten werde, mich aber freuen würde, wenn wir trotzdem in Verbindung bleiben und uns gelegentlich wiedersehen könnten.

Berg

Hotel *Schloß Berg*

Samstag, den 19ten April 1930

Heute Mittag mit dem Dampfer von Seeshaupt zum *Schloßhotel* Berg hinübergefahren. Konnte gleich ein Personalzimmer in der oberen Etage unter dem Dach beziehen und durch das kleine Westfenster zur *Kaiserin Elisabeth* und zur Roseninsel hinüberschauen. Nachmittags führte mich die ziemlich geschäftige Wirtschafterin durchs Haus und stellte mich ein paar Mitarbeiten vor, die wir beim Rundgang zufällig antrafen. Ein eher sachlich-korrekter, aber nicht unfreundlicher Empfang.

Montag, den 12ten Mai 1930

Heute an meinem freien Tag Spaziergang vorbei am Schloß Berg, das wegen hoher Mauern und Bäume kaum zu sehen ist, und durch den Park zur Votivkapelle, an der ich schon bei meiner Seeumrundung vorbeigekommen war. Diese liegt am östlichen Hochufer an der Stelle über dem Wasser, wo der bayrische König Ludwig II. vier Jahrzehnte zuvor ertrunken ist. Ein ebenso geheimnisvolles wie tragisches Ende, das nie aufgeklärt worden ist. Den Uferweg entlang weiter zum Seehotel Leoni. Traf dort wieder den Fischer Gastl, der mir empfahl, den Seilbahnweg zur *Rottmannshöhe* hochzusteigen. Dort hinauf sei Ende des letzten Jahrhunderts eine Seilzugbahn gebaut worden, die von einer Dampfmaschine angetrieben worden sei. Das habe dem Hotel oben anfangs eine Menge Gäste gebracht, aber als man das Haus in ein Sanatorium umgewandelt habe, seien die Touristen bald ausgeblieben. Nach dem Krieg habe man dieses ehemalige *Wunder der Technik* wieder abgebaut. Auf der Höhe oben gebe es auch den Bismarck-Turm, von dem aus man den ganzen See überblicken könne.

Stieg den Waldpfad entlang der ehemaligen Gleis-Trasse nach oben und kam beim gewaltigen Hotelbau an, der jetzt als Exerzitienhaus der Jesuiten nicht mehr öffentlich zugänglich ist. Ging dann zum Turm hinüber, einem klotzigen Bauwerk, das mir weniger gefiel als der phantastische Rundblick von seiner Rampe aus, der von Starnberg im Norden bis zur Gebirgskette im Süden reichte. Ein wunderbarer Tag in einer Gegend, die meine Vorliebe für Wanderungen am See weiter vertiefte.

Donnerstag, den 3ten April 1930

Die *Münchner Neuesten Nachrichten* melden, Mitte letzter Woche sei die Regierung der Weimarer Republik zurückgetreten, weil sich die Fraktionen nicht über den Haushalsplan einigen konnten. Am vergangenen Sonntag habe Reichspräsident von Hindenburg einen Mann von der Zentrumspartei, Heinrich Brüning, zum Reichskanzler ernannt. Finde das Scheitern der Sozialdemokraten äußerst bedenklich und befürchte eine erneute Stärkung der konservativen Kräfte im rechten Flügel.

Dienstag, den 3ten Juni 1930

Titelseite der *Münchner Neuesten Nachrichten*: Nach der jahrelangen Besetzung linksrheinischer Gebiete durch die Alliierten sei das Rheinland jetzt zuerst von den Belgiern und schließlich vor vier Tagen auch von den Franzosen geräumt worden. Dieses vorzeitige Ereignis habe in vielen deutschen Städten zu großen Jubelfeiern geführt. Auch unter den Gästen des Hauses weckt diese Nachricht nationale Gefühle und versetzt sie in Hochstimmung.

Mittwoch, den 24ten September 1930

Habe heute eine herrliche Wanderung hinauf zum Nachbarort Aufkirchen gemacht. Von der Ortsmitte von Oberberg aus gemächlicher Anstieg zur kleinen *Anna-Kapelle*. Bei der Rast auf der Bank davor zauberhafter Blick hinüber zur *Maxhöhe* mit einer weißen Villa vor dunklen Bäumen auf dem Hügelkamm. Danach über eine Linden-Allee zur Aufkirchener Wallfahrtskirche mit einem alten Friedhof und einem Nonnenkloster dahinter. Direkt daneben das stattliche Gasthaus *Alte Post*. Einkehr im Wirtsgarten, einmaliges Bergpanorama. Deftige Küche und lustige Gesellschaft, mit der man leicht ins Gespräch kommt, auch wenn man kein Bayrisch spricht. Habe keinen Zweifel: Das ist ein Ort, wo man sich *wie daheim* fühlen kann – hierher werde ich wiederkommen.

Montag, den 12ten Januar 1931

Nach einem sonnigen Herbst gab es seit Dezember immer wieder kurze Schneefälle. Nachdem die Schifffahrt seit Mitte Oktober eingestellt ist, kommen nur noch wenige Spaziergänger als Gäste, meistens am Wochenende. Habe die ruhige Zeit genutzt und mehrmals kleine Wanderungen am Seeuferweg in einer zauberhaften Winterlandschaft machen können.

Donnerstag, den 7ten Mai 1931

Seit die Dampfschifffahrt zu Ostern wieder aufgenommen wurde und damit die Saison begonnen hat, gibt es hier zunehmend mehr Tages- und Hausgäste. Gestern las ich im *Starnberger Land- und Seeboten*, der amerikanische Präsident Hoover habe am 1ten Mai in Manhattan das *Empire State Building* eröffnet. Der Wolkenkratzer sei mit über 380 Metern das höchste Gebäude der Welt, und an seiner Spitze könnten sogar Luftschiffe anlegen. Dieses neue Wunder der Technik war heute großes Tagesgespräch.

Mittwoch, den 20ten Mai 1931

Habe heute Vormittag bei schönstem Frühlingswetter einen ersten Spaziergang nach Aufkirchen gemacht und bin in der *Alten Post* eingekehrt. Da noch nicht viele Gäste im Biergarten waren, kam ich mit einem jungen Kellner ins Gespräch, der mich schon öfters recht freundlich bedient hatte. Erzählte ihm, ich sei, wie er, in

117

der Gastronomie tätig, momentan beim *Schloßhotel* in Berg und zuvor in Starnberg, Feldafing und Seeshaupt. Der junge Mann stellte sich mir als Franz Kreitmeyer vor. Er sei jetzt fünfundzwanzig und im Nachbardorf Bachhausen aufgewachsen. Er habe die Volksschule hier in Aufkirchen besucht und sei danach in der *Alten Post* angestellt worden, zunächst als Laufbursche. Nach zwei Jahren sei er als Kellner angelernt worden und habe beim Pächterwechsel im vorigen Jahr am Haus bleiben können. Als ich erwähnte, ich sei beruflich schon in Frankreich und in der Schweiz herumgekommen, wurde er ganz aufgeregt und meinte, davon wolle er mehr hören. Er selbst habe immer schon in die Welt hinaus gewollt, es aber nur bis München geschafft. Er käme eben nicht weit weg, weil der Vater im Krieg geblieben sei, und daheim müsse er der Mutter in der kleinen Landwirtschaft zur Hand gehen.

Ich fand dies alles sehr anrührend und bot ihm das *Du* an. Dabei fragte er, ob er mich anstatt Friedrich *Fritz* nennen dürfe, weil ihm das *Monsieur Fritz* der Stammgäste in der *Kaiserin Elisabeth*, von dem ich erzählt hatte, so gut gefallen hatte. Versprach ihm, beim nächsten Mal mehr von mir zu erzählen.

Dienstag, den 23ten Juni 1931

Kurze Nachricht im *Starnberger Land- und Seeboten*: Der amerikanische Präsident Hoover habe vor drei Tagen wegen der deutschen Finanzkrise die Rückzahlung der hohen Kriegsschulden für ein Jahr ausgesetzt. Klingt erfreulich, bin aber im Zweifel, ob dies der deutschen Wirtschaft wirklich nützen wird. Bin froh, meine eigenen Rücklagen weiterhin in der Schweiz zu haben.

Mittwoch, den 9ten September 1931

Traf heute wieder mal Franz im Biergarten der *Alten Post* und erzählte ihm von Paris, Lissabon, Biarritz, Bordeaux und Zürich. Er machte große Augen, als ich von meinen guten Nebenverdiensten durch Glücksspiele im Casino, Automobil-Ausflüge für Gäste, Organisation von Bridge-Turnieren und Einstieg in den Börsenhandel erzählte. War voller Bewunderung und meinte, ich sei für ihn ein Vorbild fast wie ein Vater.

Fragte ihn, was es mit dem *Café Maurus* in Oberberg auf sich habe, an dem ich schon mehrmals vorbeispaziert war. Hörte von ihm, daß es dem Konditor Maurus *Graf* gehöre, einem der Söhne aus der Bäckerfamilie Graf, die dort direkt gegenüber ihren Laden gehabt habe. Als Zehnjähriger habe er manchmal von der Graf-Mutter, der *Bäckin Resl*, die vom Heimrath-Hof in Aufhausen herkomme, eine Semmel geschenkt bekommen. Der Maurus sei für seine Prinzregenten-Torte berühmt, wegen der auch viele Fremde ins Café kämen und sich dann mit ihm über allerlei Bücher unterhielten. Der Franz ist ein wirklich netter Bursche, wie ich ihn mir gern als Sohn gewünscht hätte. Immerhin bin ich doppelt so alt wie er und könnte von daher auch gut sein Vater sein.

119

Mittwoch, den 27ten Januar 1932

Laut *Münchner Neuesten Nachrichten* hat Hitler am letzten Sonntag in Düsseldorf eine Rede vor dem Industrie-Club gehalten. Für sein Bekenntnis zur kapitalistischen Wirtschaftsform habe er von den Vertretern der deutschen Industrie großen Beifall erhalten. Hauptargument war, an der derzeitigen wirtschaftlichen Notlage sei die Schwäche der Regierung schuld, die abgelöst werden müsse. Dieser Mann mit seiner wachsenden Machtgier wird mir immer unheimlicher.

Montag, den 15ten Februar 1932

Die Tageszeitungen melden, die Arbeitslosigkeit liege laut Arbeitsministerium in Deutschland bei sechs Millionen und zusammen mit den Kurzarbeitern bei neun Millionen. Weltweit werde sie wegen der katastrophalen Wirtschaftskrise auf dreißig Millionen geschätzt. Kann nur froh sein, daß ich bisher immer wieder einen sicheren Arbeitsplatz finden konnte. Habe das Gefühl, hier wie auf einer *Insel des Friedens* zu leben.

Montag, den 11ten April 1932

Bin heute in aller Frühe durch den Schloßpark nach Leoni gegangen. Hatte mich für sechs Uhr mit dem Fischer Gastl verabredet, weil ich unbedingt einmal beim Fischfang dabei sein wollte. Er hatte gelacht, aber mir für heute zugesagt. Traf ihn zusammen mit seinem Sohn an, als sie gerade Holzkisten in den Kahn hoben.

Über dem See lag ein leichter Nebel und die Sonne trat nur zaghaft über die hohen Bäume am Ostufer. Der Sohn ruderte uns auf den See hinaus zu einer Boje, an der die Netze festgemacht waren. Für mich war es ein großes Erlebnis, die Stille des Sees am Morgen zu erleben und zuzusehen, wie beim Einholen der Fangnetze Unmengen von silbern glänzenden Renken in die Kisten zwischen den Ruderbänken hineinzappelten. Dieses Bild und die zauberhafte Morgenstimmung werde ich wohl mein Leben lang nicht vergessen.

Mittwoch, den 8ten Juni 1932

Auf meinen Spaziergängen nach Aufkirchen war ich in Oberberg immer an einem älteren Landhaus vorbeigekommen, über dessen Eingang in großen Lettern *Café Maurus* stand. Franz hatte mir erzählt, Maurus Graf sei gelernter Konditor und weithin bekannt für seine Torten. War heute Nachmittag zeitig dran und entschloss mich, dort einmal einzukehren. Im Garten sah ich eine ältere Frau, die mit einer Gießkanne hantierte und kurz herübergrüßte. Die etwas altmodisch eingerichtete, aber gemütliche Gaststube war noch leer bis auf einen stattlichen Mann wohl in den Vierzigern, der am Ecktisch beim Fenster in einem Buch las. Vor ihm auf dem Tisch lagen ein paar Zeitungen, einige davon mit dem Titel *Literatur-Anzeiger*. Er sah kurz herüber, sagte *Grüß Gott!* und las noch ein Stück weiter, bevor er herüberkam und nach meinen Wünschen fragte.

Brachte mir dann einen Kaffee mit einem Stück Prinz-regenten-Torte und setzte sich, ohne viel zu fragen, zu mir an den Tisch. Im Gespräch erfuhr ich, daß er sich schon als Schüler viel mit den Werken der klassischen Literatur beschäftigt habe, die er jetzt fast alle kenne. Deswegen kämen immer wieder Schriftsteller von München heraus, um wegen seiner Literaturkenntnisse mit ihm zu diskutieren. Einige von ihnen sagten aus Spaß, sie kämen nur wegen seiner Prinzregenten-Torte, aber das glaube er ihnen nicht.

Erwähnte auch seinen jüngeren Bruder Oskar, der sich seit Jahren in der Münchner Bohème herumtreibe und unbedingt Schriftsteller werden wolle. Ob daraus was wird, daran habe er aber so seine Zweifel. Sein Bruder habe sich zwar *Maria* als zweiten Vornamen zugelegt, aber das habe bisher auch nicht viel geholfen. Immerhin habe ihn der Münchner Schriftsteller Thomas Mann schon mal lobend erwähnt. Der Rest der großen Graf-Familie sei in alle Welt zerstreut bis auf seine Schwester Therese und seine Mutter Resl, die bei ihm wohne und die ich vielleicht draußen beim Gemüsebeet gesehen hätte. Bis nach dem Krieg hätte die Familie die Bäckerei gegenüber geführt, aber als Max, der älteste Graf-Sohn, im Krieg geblieben sei, wäre das Geschäft in fremde Hände gekommen. Der linke Teil des Hauses sei jetzt an eine Dame verpachtet, die aus dem Rheinland käme und für ihren *Café- und Teesalon von Mary Hoffmann* sofort die Konzession bekommen habe. Er selbst habe auf die behördliche Zulassung seines Cafés ewig lang warten müssen, obwohl er gelernter Konditor sei, und jetzt habe er die Konkurrenz vor der Nase sitzen. Zum Glück seien ihm seine Stammgäste, vor allem die Literaturfreunde, weiter treu geblieben und würden sich um diese neumodische Einrichtung nicht scheren. War ein recht unterhaltsamer Nachmittag, an dem ich viel Neues über die Menschen der Region erfahren habe. Werde das *Café Maurus* sicher wieder mal besuchen.

Donnerstag, den 1ten September 1932

Vor zwei Monaten hatte die NSDAP bei den Reichstagswahlen mit fast vierzig Prozent als stärkste Partei abgeschnitten, was aber nicht zur Alleinregierung gereicht und Verhandlungen mit anderen Parteien erforderlich gemacht hatte. Jetzt hatten die *Münchner Neuesten Nachrichten* am Rande gemeldet, daß ein Herrmann Göring vor zwei Tagen zum Reichstagspräsidenten ernannt worden sei. Empfinde diesen weiteren Machtgewinn der Nazis als äußerst bedenkliche Entwicklung.

Montag, den 31ten Oktober 1932

Werde morgen einen Brief für Herrn Thomas Mann an die Adresse in München aufgeben, die mir Herr Ebers gegeben hat. Habe ihm meine Aufzeichnungen von 1904 bis 1932 angeboten und ihm für Mitte November ein Treffen in München oder im Hotel *Schloß Berg* vorgeschlagen. Bin gespannt auf die Antwort.

Spurensuche am See

1970

Zeitzeugen

Ende April trifft Gerhart Scharbeck wieder in München ein und nimmt, wie gewohnt, Quartier in seiner Pension im Glockenbach-Viertel. Er soll im Auftrag seines Hamburger Wochenmagazins erneut über den Stand der Vorbereitungen zu den Olympischen Sommerspielen in zwei Jahren berichten.

Dieses Mal will er eine Reihe von Interviews führen, und zwar mit den Architekten der Stadien, mit den Organisatoren für die Logistik des Olympischen Dorfes, mit einem Propangas-Vertreiber in Geretsried südlich von München, der für den Betrieb der Fackeln und der Olympiaflamme verantwortlich ist, mit dem Oberbürgermeister der Stadt und schließlich auch mit einem russischen Mönch, der als *Väterchen Timofej* hier im Exil lebt. Der hatte am Rande des Olympia-Geländes ohne behördliche Genehmigung in Eigenbau ein kleines russisch-orthodoxes Kirchlein errichtet, das nach längeren Beratungen von der Stadt geduldet wurde und vom Bagger verschont geblieben ist.

Bei diesem Aufenthalt will Gerhart Scharbeck auch seine privaten Recherchen am Sanatorium Ebenhausen abschließen, wo er bereits im Vorjahr Krankenunterlagen von Katia Mann eingesehen hatte aus der Zeit, bevor sie zur Kur nach Davos geschickt wurde. Außerdem hat er sich vorgenommen, an den großen Häusern rund um den See, an denen Friedrich Kronberg gearbeitet hat, nach Zeitzeugen zu fragen und seine Recherchen vor Ort auf Tonband aufzuzeichnen.

Am Dienstag, den 5. Mai, startet er morgens mit seinem VW-Käfer, den er wegen seiner eselgrauen Farbe liebevoll *Asinus* nennt, zu einer Tagesfahrt rund um den See. Über die neue Olympia-Straße fährt er in Richtung Garmisch-Partenkirchen und nimmt die erste große Ausfahrt, die zur Ortsmitte von Starnberg führt.

Starnberg

Dienstag, am 5. Mai 70 – es ist 9 Uhr 30. Parken am Springbrunnen-Rondell vor dem Treppenaufgang zum *Bayerischen Hof.* Schräg gegenüber der historische Bahnhof aus der Zeit der bayrischen Könige, gleich dahinter der Dampfersteg. An der Rezeption treffe ich einen älteren weißhaarigen Herrn mit gepflegtem Bürstenschnitt und Schnauzbart an.

„Grüß Gott! Ja – bitt'schön?"

„Guten Tag, mein Name ist Scharbeck. Ich bin Journalist und mache eine Recherche zur Gastronomie am See in den zwanziger Jahren. Ich bin auf der Suche nach Gäste- und Personalbüchern oder vielleicht auch Mitarbeitern, die zu dieser Zeit schon hier im Hause angestellt waren."

„Ja, Bücher gibt's da keine mehr. Aber vom Personal, da kommt eigentlich nur die Marianne Kerschbaumer in Frage, alle anderen sind erst später zu uns gekommen. Die ist seit den Zwanzigern da und jetzt unsre Hauswirtschafterin. Moment, ich telefonier' mal nach oben."

„Sehr freundlich – danke!"

„Ja – da ist der Hans! Ist die Marianne bei Euch? Sag' ihr, sie soll mal runterkommen, da wäre ein Herr für sie da. Nehmen S' doch so lang Platz da vorn."

„Guten Tag, Frau Kerschbaumer! Man hat mir gesagt, dass Sie schon sehr lange am Hause sind. Meine Frage ist die: Können Sie sich an einen Friedrich Kronberg erinnern, der 1925 hier als Kellner gearbeitet hat?"

„Ja, freilich – ganz gut sogar! Ich hab' 1923 als Zimmermädchen hier ang'fangen und hab' allen, die neu eing'stellt worden sind, in den ersten Tagen alles gezeigt. Der Herr Kronberg war ein besonders netter, recht charmanter Mensch, und wir haben später viel Spaß miteinander g'habt, weil er auch recht witzig war. Ich hab' *Fritz* zu ihm g'sagt und er zu mir *Mariandl*, weil mich damals alle so g'rufen haben. Ich hab' ihm die besten Gasthöfe und Biergärten am Ort g'sagt, und die hat er dann der Reihe nach b'sucht. Ich hab' ihm auch unseren schönsten Panoramablick gezeigt, nämlich den droben vom Schlossgarten über den See auf die Berge, und dann auch das Tanz-Café *Undosa* gegenüber mit seinem ganz speziellen Publikum, wo's immer viel zum Lachen geben hat. Einmal ist er sogar um den ganzen See herum g'wandert, ich hab's kaum glauben wollen. Und ein anderes Mal war'n wir zusammen in München auf dem Oktoberfest, und da hat er ganz schön große Augen g'macht, wie es da zugangen ist. Da hat er aber schon in der *Kaiserin Elisabeth* in Feldafing gearbeitet."

„Das klingt alles ziemlich lustig! Haben Sie ihn denn später auch noch einmal gesehen?"

„Ja, schon! Das allerletzte Mal war mitten im Sommer, das muss wohl 1933 gewesen sein. Damals hat er grade im *Schlosshotel* Berg gearbeitet und ist am Nachmittag mit dem Dampfer rüberkommen. Wir sind auf ein Eis hinüber ins *Undosa* gangen und er hat mir erzählt, was er inzwischen alles erlebt hat und wo er überall herumg'wandert ist. Er war total begeistert und hat g'meint, das wär' für ihn das schönste Stückerl Erde, das er kennt. Aber später habe ich dann nichts mehr von ihm g'hört. Wissen S' denn irgendwas von ihm?"

„Leider noch zu wenig, aber ich hoffe, mehr über ihn zu erfahren. Vielen Dank, Frau Kerschbaumer, Sie haben mir ganz gut weitergeholfen. Ich fahre jetzt hinüber nach Feldafing zur *Kaiserin Elisabeth* und bin gespannt, ob sich dort auch noch jemand an ihn erinnern kann. Wenn ich mehr erfahre, was aus ihm geworden ist, lasse ich von mir hören. Ich wünsche Ihnen noch einen schönen Tag – und vielleicht: Auf Wiedersehen."

Feldafing

Dienstag, am 5. Mai 70 – es ist 11 Uhr. Parken bei den historischen Remisen im Innenhof der *Kaiserin Elisabeth*. Am Empfang eine adrette Dame im schwarzen Hosenanzug.

„Guten Tag – was kann ich für Sie tun?"

„Guten Tag, mein Name ist Scharbeck. Ich bin Journalist und mache eine Recherche zur Gastronomie am See in den zwanziger Jahren. Ich suche nach Mitarbeitern, die zu dieser Zeit schon hier im Hause waren, und interessiere mich für Gäste- und Personalbücher von damals."

„Das kann Ihnen am besten unsere Senior-Chefin sagen, die Frau Behringer. Nehmen Sie doch bitte draußen auf der Veranda Platz – ich sage ihr Bescheid."

Von der überdachten Terrasse herrlicher Blick nach Süden auf die Gebirgskette. Nach einer Weile kommt eine kleine weißhaarige Dame auf mich zu. Schwarzes Kleid, gepflegtes Aussehen, lebhafter Blick.

„Grüß Gott – behalten Sie doch, bitte, Platz. Meine Mitarbeiterin hat mir schon gesagt, worum es Ihnen geht. Gästebücher aus den zwanziger Jahren haben wir leider keine mehr. Die haben wir wegwerfen müssen, weil sie auf dem Dachboden nass geworden sind. Aber ich kann mich an einige Gäste und Mitarbeiter aus dieser Zeit erinnern. Suchen Sie da jemanden bestimmten?"

„So ist es. Ich bin letztes Jahr zufällig auf einige interessante Aufzeichnungen eines Friedrich Kronberg gestoßen. Fällt Ihnen zu diesem Namen jemand ein?"

„Ja, natürlich – das war damals einer unserer tüchtigsten Kellner. Unsere Stammgäste haben sich vorzugsweise von ihm bedienen lassen, und die meisten sprachen ihn immer mit *Monsieur Fritz* an, weil ich ihnen erzählt hatte, er hätte schon in Frankreich und in der Schweiz gearbeitet. Er hat immer große Spaziergänge gemacht und jedes Mal ganz begeistert davon berichtet, zum Beispiel von der Roseninsel, von der Villenkolonie oben in Feldafing, vom Seeuferweg zum Schloß Garatshausen und von der Ilka-Höhe bei Tutzing. Ich glaube, einmal ist er sogar um den ganzen See gewandert.

Eine ganz besondere Freundschaft hat ihn mit einem unserer Stammgäste verbunden, dem Herrn Dr. Richter aus München. Der ist Mitte der Zwanziger nach Florenz gegangen und ist sogar später, wenn er in München zu tun hatte, immer wieder zu uns herausgekommen, um nach dem Rosengarten an seinem ehemaligen Sommerhäuschen zu sehen. Das hat er sich nach dem Weltkrieg zusammen mit dem Schriftsteller Thomas Mann gekauft gehabt, aber leider hat er es nach ein paar Jahren wieder aufgeben müssen. Mit dem hat sich der Friedrich Kronberg ein paar Mal getroffen und gut verstanden.

Eins muss ich ja sagen: Ich bin jetzt seit fast fünfzig Jahren hier am Haus und arbeite jetzt nur noch im Hintergrund mit. Aber an einen so liebenswerten Mitarbeiter wie den Herrn Kronberg kann ich mich in dieser ganzen Zeit kaum erinnern. Wir alle haben ihn sehr gemocht und es sehr bedauert, dass er schon im nächsten Jahr nach Seeshaupt zur *Alten Post* gewechselt ist. Er war ein unruhiger Geist im besten Sinne, der sehr neugierig war und jeden Winkel unserer schönen Gegend kennenlernen wollte "

„Gnädige Frau, ich danke Ihnen herzlich! Was Sie mir erzählt haben, war für meine Recherche sehr hilfreich, weil ich dadurch ein paar neue Facetten des Menschen Friedrich Kronberg kennengelernt habe, die ich noch nicht so genau kannte. Ich darf Ihnen noch einen schönen Tag wünschen – auf Wiedersehen."

Seeshaupt

Dienstag, am 5. Mai 70 – es ist 12 Uhr 30. Parken im Hinterhof des Hotels *Alte Post*. Dominante Lage oberhalb des Dampferstegs mit großartigem Blick auf den See. An der Rezeption seriöser Herr im grauen Anzug mit Fliege.

„Grüß Gott – Sie wünschen, bitte?"

„Guten Tag – mein Name ist Scharbeck. Ich bin Journalist und mache eine Recherche zur Gastronomie am See, so gegen Ende der zwanziger Jahre. Ich suche nach Mitarbeitern, die in diesen Jahren schon hier am Hause waren, oder auch nach Personalbüchern aus dieser Zeit."

„Personalbücher gibt es keine mehr, aber vielleicht kann ihnen unser Küchenchef, der Josef Kranzbühler, da weiterhelfen. Der war schon lange vor dem Zweiten Weltkrieg am Haus und arbeitet immer noch hier. Nehmen Sie doch kurz da draußen Platz – ich ruf' mal in der Küche an, ob er jetzt gerade Zeit hat und rauskommen kann."

Von der Terrasse an der Nordfassade herrlicher Blick weit über den See fast bis nach Starnberg am nördlichen Ende. Dichte Bewaldung an beiden Ufern, dazwischen ein paar kleinere Orte, Zwiebeltürme und Villen. Nach ein paar Minuten kommt ein älterer, rüstig wirkender Herr in Küchenmontur zu mir herüber.

„Grüß Gott – Kranzbühler mein Name! Sie entschuldigen, ich hab' nur wenig Zeit, weil's grade Mittag ist. Ich hab' g'hört, dass Sie jemanden suchen, der schon Ende der Zwanziger da war. Ich bin 1924 als Kochlehrling hier eing'stellt worden und hab', bis auf zwei Jahre bei der Wehrmacht, ohne größere Unterbrechung hier im Haus g'arbeitet. Denken Sie da an jemanden b'stimmten?"

„Ich kann es kurz machen: Können Sie sich an einen Kellner namens Friedrich Kronberg erinnern, der in der Zeit von 1928 bis 1930 hier gearbeitet hat?"

„Wie – Kronberg? Ja, sicher – der Fritz! An den kann ich mich schon noch gut erinnern. Das war ein netter Mensch, der ist ab und zu in die Küche kommen und hat mit mir ein' kleinen Schwatz g'halten. Der war schon weit herumkommen und hat mir viel von seiner Zeit in Frankreich und in der Schweiz erzählt. Der hat sich in der Gastronomie gut auskannt und mir immer wieder gute Tipps aus der französischen Küche geben, und vom Wein hat er auch was verstanden. Er ist hier viel rumg'wandert und war von unserer Gegend ganz begeistert.

Bei den Stammgästen ist er sehr beliebt g'wesen und hat sie alle beim Namen kannt. Einer von ihnen ist der Kunstmaler Ebers g'wesen, der hat direkt neben uns g'wohnt. Mit dem ist er sogar ganz gut befreundet g'wesen und hat ihn auch ein paar Mal zuhaus im *Russen-Schlößl* b'sucht. Er ist ein feiner Kerl g'wesen, mit dem man sich gut hat unterhalten können. Nach zwei Jahren ist er leider weggangen – ich glaub', nach Berg ins *Schloßhotel*. Später hab' ich nichts mehr von ihm g'hört."

„Vielen Dank, Herr Kranzbühler, ich will Sie nicht länger aufhalten. Was Sie von Friedrich Kronberg erzählt haben, hilft mir bei meinen Nachforschungen ganz gut weiter. Ich wünsche Ihnen noch einen schönen Tag und weiter eine gute Zeit an diesem wunderschönen Fleckchen Erde."

Berg

Dienstag, am 5. Mai 70 – es ist 14 Uhr. Parken direkt vor dem imposanten *Schlosshotel*. Schöner Blick über den See ans Westrufer, zur Roseninsel und nach Possenhofen. Am Empfang eine vollschlanke, freundlich-bemühte Dame im Dirndlkostüm.

„Ja, bitt'schön – was kann ich für Sie tun?"

„Guten Tag – mein Name ist Scharbeck. Ich bin Journalist und mache eine Recherche zur Gastronomie am See zu Anfang der dreißiger Jahre. Meine Frage: Gibt es noch Mitarbeiter im Haus, die zu dieser Zeit hier gearbeitet haben, und gibt es noch alte Gäste- und Personalbücher?"

„Da muss ich Sie leider enttäuschen. Unsere jetzigen Mitarbeiter sind alle erst in der Zeit nach dem Krieg eingestellt worden, und Gäste- oder Personalbücher gibt es auch keine mehr. Tut mir leid!"

„Dann danke ich Ihnen und wünsche noch einen schönen Tag."

Kurze Fahrt hinüber nach Leoni – es ist 14 Uhr 30. Parken direkt beim alten *Seehotel*, das unverändert wie ein kleines ockergelbes Schlösschen aussieht. Am Haus gegenüber hübsche *Lüftlmalerei*, über dem Eingang der Schriftzug *Fischerei Gastl*. Bei den Bootshäusern sehe ich einen Mann, der an einem Ruderboot arbeitet.

„Guten Tag! Mein Name ist Scharbeck. Ich bin Journalist und suche nach Leuten, die schon Anfang der dreißiger Jahre hier waren. Sind Sie der Fischer Gastl?"

„Ja, der bin ich! Anfang der Dreißiger, da bin ich ein junger Bursch g'wesen und von meinem Vater als Fischer ang'lernt worden. Sein Großvater war ja am Anfang der Dampfschifffahrt der erste Stegwart von Leoni g'wesen, ich bin also der Urenkel. Wen suchen S' denn?"

„Ich habe Unterlagen von jemandem gefunden, der Anfang der Dreißiger als Kellner im *Schlosshotel Berg* gearbeitet hat und ein paar Mal hier bei Ihrem Vater vorbeigekommen ist – einmal sogar, um zum Fischen mit hinauszufahren. Können Sie sich an einen Mann erinnern namens Friedrich Kronberg?"

„Jetzt, wo Sie diese Geschicht' erzählen, kann ich mich schon erinnern, aber an den Namen nicht mehr so genau. Für mich war es das erste und einzige Mal, dass jemand einfach so mit uns hat rausfahren wollen. So was war wirklich was ganz Seltenes, und der Mann ist richtig begeistert g'wesen. Der war so um die Fünfzig und schon viel herumkommen, und uns hat er erzählt, wo er schon überall g'wesen ist. Ich hab' ihn nur ein einziges Mal g'sehen, mein Vater schon öfters, und er hat ihn immer *Fritz* g'heißen."

„Herr Gastl, vielen Dank! Das war für mich jetzt ganz interessant. Ich wünsche Ihnen noch einen schönen Tag – auf Wiedersehen!"

Fahrt hinauf nach Oberberg – es ist 15 Uhr 15. In der Ortsmitte rechter Hand älteres weißes Haus mit schwarzer Aufschrift in Frakturlettern: *Café Maurus*. Über dem Eingang Laternenleuchte mit der gleichen Inschrift. Der ansprechend eingerichtete Gastraum ist leer.

„Hallo – sind Sie da, Herr Graf?"

„Bin in der Kuchl beim Kaffeemachen. Komm' gleich – nehmen S' schon mal Platz!"

Beim Warten schaue ich durchs Fenster zur Terrasse am Blumengarten hinaus. An einem der Tische zwei Ehepaare in Wanderkleidung beim Vespern.

„So, jetzt bin ich da. Was kann ich für Sie tun?"

„Ich hätte gern ein Stück Prinzregenten-Torte!"

„Die Prinzregenten ist heut' schon aus – die letzte hab' ich vorhin zu den Herrschaften draußen bracht. Aber ich hätt' einen frischen Apfelstrudel, der ist noch warm. Mit oder ohne Schlagrahm?"

„Mit, bitte, und eine große Tasse Kaffee."

„Bin gleich wieder da."

Entspannte Stille. Vom nahen Dorfkirchlein zwei dünne Glockenschläge, dann nur noch gedämpftes Klappern aus der Küche.

„So, da wär'n wir wieder. Kann ich mich ein bisserl zu Ihnen setzen?"

„Ich bitte darum! Darf ich mich kurz vorstellen: Mein Name ist Gerhart Scharbeck. Ich bin Journalist und mache eine Recherche zur Gastronomie am See zu Beginn der dreißiger Jahre. Ich habe Aufzeichnungen von einem Mann gefunden, der in dieser Zeit ein paar Mal hier im Café eingekehrt ist und sich mit Ihnen unterhalten hat. Er war Kellner im *Schlosshotel* unten und ist viel in der Gegend herumgewandert. Sagt Ihnen der Name Friedrich Kronberg etwas?"

„Kronberg, Kronberg – ja, freilich, das war der Fritz! An den kann ich mich schon noch erinnern, weil er mir öfters erzählt hat, wo er schon überall herumkommen ist – Portugal, Frankreich, Schweiz. Damals war ich noch nicht so vornehm eingerichtet wie jetzt, aber trotzdem sind immer wieder Leute von München herauskommen. Aber nicht nur wegen meiner Torten, sondern weil sie mit mir über Literatur reden wollten. Damals waren ein paar bekannte Schriftsteller dabei, aber heut' gibt's die ja nimmer. Das hat mir immer viel Spaß g'macht, weil ich ja schon als Bub alle deutschen Klassiker g'lesen und mich auskannt hab'. Wenn ich da zurückdenk', fällt mir immer der Ludwig *Marcuse* ein, mit dem ich vor Jahren viel rumphilosophiert hab'. Und der hat mal g'sagt, er hätt' nie irgendwo besser *konditort* wie da bei mir. *Konditort* hat er g'sagt – da hab' ich richtig lachen müssen."

„Herr Graf, sind denn in letzter Zeit auch noch Literaten oder Querdenker zu Ihnen gekommen?"

„Nimmer so! Jetzt kommen hauptsächlich noch Ausflügler vorbei und am Samstag die Leut' vom Ort für den Sonntagskuchen. Aber ich hab mein Auskommen dabei und bin's zufrieden. Eigentlich wollt' ich in letzter Zeit schon ganz zumachen, ich bin ja auch schon um die Achtzig. Aber dann back' ich halt doch wieder ein paar Kuchen für die Kundschaft vom Dorf, dass es mir nicht langweilig wird. Und mit dem Lesen geht's mit meinem schlechten Augenlicht auch nimmer so gut."

„Ein jüngerer Bruder von Ihnen, der Oskar, wollte ja in München immer Schriftsteller werden, aber den großen Durchbruch hat er erst von Amerika aus geschafft. War der auch einmal hier im Café?"

„Der war nie da. Nach seiner Auswanderung haben wir uns immer mehr ausnanderg'lebt und zum Schluss nur noch g'stritten. Auch bei den Leuten am Ort war er nicht so beliebt, weil sie g'meint haben, dass er nicht viel Gutes über sie g'schrieben hat und dass er ein Kommunist wäre. Das war er aber nicht – er war ein Sozialist. Wie er dann jetzt vor drei Jahren in New York g'storben ist und man im Jahr drauf seine Urne nach München auf den Bogenhauser Friedhof überführt hat, da waren die meisten doch heimlich stolz auf ihn, aber ohne dass sich's haben anmerken lassen. Schad' ist es schon, dass wir Grafs alle so dicke Köpfe g'habt hab'n – unsere Mutter Resl hat ihr Lebtag lang drunter g'litten."

„Übrigens: Ich habe Ihren Bruder selbst einmal erlebt, als er Anfang 1958 zu Besuch aus Amerika da war und eine Lesung im Münchner Cuvilliés-Theater gehalten hat. Bei der anschließenden Pressekonferenz wurde er von einem Journalisten gefragt, ob er denn manchmal *Heimweh* habe. Das nicht direkt, hat er gemeint, weil die Leute von Berg ihn ohnehin nicht recht gemocht hätten. Seine neue Heimat sei New York, wo er 1943 im Restaurant *Alt-Heidelberg* einen Stammtisch für deutsche Emigranten gegründet habe. Dort habe er sich mit ausgewanderten Künstlern aller Art getroffen, zum Beispiel auch mit Bert Brecht. Wenn sie dort miteinander über Deutschland geredet hätten, sei bei ihm schon ein paar Mal so etwas wie *Heimweh* aufgekommen.

Da sei aber auch ein älterer deutscher Kellner gewesen, der um die dreißiger Jahre in mehreren Hotels am Starnberger See gearbeitet habe, zuletzt in Berg, wo er selbst ja herkomme. Mit ihm habe er sich öfters unterhalten, weil er viel herumgekommen war und interessante Leute kennengelernt hatte, beispielsweise auch Thomas Mann. Bei den Stammgästen sei er sehr beliebt gewesen und immer nur mit *Mister Fritz* angeredet worden. Wenn der voller Begeisterung von der Gegend rund um den See erzählt habe, dann sei er beim Zurückdenken doch etwas melancholisch geworden – vielleicht könnte man das dann wirklich *Heimweh* nennen.

Was allerdings die Lesung in München betrifft – die war beim Publikum gar nicht gut angekommen, weil Ihr Bruder in Lederhosen und Trachtenjoppe aufgetreten war. Das hat die feine Gesellschaft als Affront angesehen und sich provoziert gefühlt."

„Ja, provoziert hat er immer schon. Das war eben sein ganz eigener Stil."

„Vielen Dank, Herr Graf – das war jetzt für mich eine ganz spannende Unterhaltung, bei der ich viel Neues erfahren habe. Übrigens: Ihr Apfelstrudel war ein Gedicht! Ich wünsche Ihnen weiter eine gute Zeit und immer wieder Gäste, die Ihre Konditorkunst schätzen."

Kurze Fahrt hinauf nach Aufkirchen – es ist 16 Uhr 45. Parken an der Kirchhofmauer gegenüber der *Alten Post*. In der Gaststube ein paar Männer im Lodenjanker beim Kartenspielen. Am Tresen ein stattlicher Mann in Trachtenweste und Kniebundhosen, der gerade Bierkrüge füllt.

„Guten Tag! Darf ich Sie kurz stören? Ich möchte gern den Wirt sprechen – wo finde ich den?"

„Der steht pfei'grad vor Ihnen! Was woll'n S' denn von ihm wissen?"

„Mein Name ist Scharbeck. Ich bin Journalist und mache eine Recherche zur Gastronomie am See zu Beginn der dreißiger Jahre. Meine Frage: Haben Sie Mitarbeiter, die zu dieser Zeit schon im Haus waren?"

„Anfang der Dreißiger? Ja, da kommt ja nur einer in Frage, das ist unser Oberkellner, der Kreitmeyer Franz. Wenn S' woll'n, lass' ich dem B'scheid geb'n – aber es darf net lang dauern, es geht jetzt noch recht zu bei uns. Geh', Vroni, geh' doch mit dem Herrn 'naus in Biergarten und sag' dem Franz, da wollt' ihn wer was frag'n über die Zeit vorm Krieg."

Auf der Terrasse viele Biertische unter hohen schattigen Kastanienbäumen. Herrlicher Blick über grüne Hügel, in der Ferne luftig-blaue Gebirgskette.

„Grüß Gott, ich bin der Franz! Sie woll'n jemanden sprechen, der schon vorm Krieg da war?"

„Guten Tag, mein Name ist Gerhart Scharbeck. Ich bin Journalist und habe Aufzeichnungen gefunden von einem Mann, der Anfang der dreißiger Jahre öfter mal hier war. Er hieß Friedrich Kronberg – können Sie sich vielleicht an diesen Namen erinnern?"

„Ja, gibt's denn sowas? Freilich hab ich den kennt – das war der Fritz! Der war Kellner im *Schlosshotel* drunten und hat die ganze Gegend auswendig kennt, weil er immer viel rumg'wandert ist. Ich hab' ihn in unserm Biergarten kenneng'lernt, das muss so Mitte 31 g'wesen sein. Der ist öfter herkommen und hat immer was Lustiges und viel von seinen Wanderschaften zu erzählen g'habt. Wir hab'n uns prima verstanden, er hätt' mein Vater sein können. Wie ich g'hört hab', wo er schon überall g'wesen ist, bin ich jedes Mal recht neidisch g'worden, weil ich nie von Aufkirchen wegkommen bin. Wie's mit den Nazis dann immer schlimmer g'worden ist, ist er nach Amerika ausg'wandert und hat mir noch g'schrieben, dass 's ihm gut geht. Dann hab' ich nichts mehr von ihm g'hört. Hab'n Sie schon irgendwas rauskriegt, oder wiss'n S' was von ihm?"

„Nein, leider noch nicht sehr viel. Aber Sie wissen ja eine ganze Menge über ihn, und davon müssen Sie mir mehr erzählen. Jetzt will ich Sie jetzt nicht länger aufhalten – Sie haben noch zu tun. Wann hätten Sie mal Zeit, dass wir uns zusammensetzen können?"

„Übermorgen, am Donnerstag, da hätt' ich um drei schon Zeit. Wenn's Ihnen passt, können wir uns wieder da im Biergarten treffen. Dann kann ich auch noch was mitbringen, was Sie vielleicht interessier'n könnt."

„Das passt mir sehr gut – da habe ich noch keinen anderen Termin. Ich bin schon gespannt darauf, was ich da noch alles erfahren werde. Erst mal vielen Dank, Herr Kreitmeyer – bis Donnerstag also. Auf Wiedersehen!"

Aufkirchen

Donnerstag, am 7. Mai 70: Am frühen Nachmittag Fahrt über die Autobahn in Richtung Garmisch. Noch vor der Ortseinfahrt *Starnberg* über die Abfahrt *Berg* rechts ab zur Seestraße am Ostufer. Über Percha und Kempfenhausen nach Oberberg, dann links hinauf nach Aufkirchen. Die Turmuhr der Kirche von nebenan schlägt – es ist 15 Uhr. Im Biergarten der *Alten Post* treffe ich Franz Kreitmeyer.

„Guten Tag, Herr Kreitmeyer! Sie sind ja überpünktlich und haben schon mal ein schattiges Plätzchen reserviert. Darf ich Sie zu einem Kaffee oder zu einer Brotzeit einladen?"

„Dankschön, ich hab' vorhin g'rad g'veschpert. Aber über ein Weißbier tät' mich schon freuen. Da drüben ist die Vroni, die kann uns was bringen."

„Ich mache das schon. Hallo, Vroni – ich möchte was bestellen."

„Komm' gleich – ich muss nur schnell noch mal abkassiern."

„Herr Kreitmayer, ich möchte jetzt, so wie gestern, unser Gespräch auf Tonband aufzeichnen – Sie sind doch damit einverstanden? Und noch eins vorweg: Ich bin zwar der Jüngere von uns beiden, aber darf ich der Einfachheit halber *Franz* zu Ihnen sagen?"

„Selbstredend – da hab' ich nichts dagegen. Da kommt sie schon, die Vroni.“

„So, jetzt bin ich da. Was darf 's denn sein?“

„Für den Franz ein schönes Weißbier und für mich ein *Haferl* Kaffee und einen Mohnstreusel. Das Haferl ist doch doppelt so viel wie eine Tasse – oder?“

„Freilich – was G'scheit's halt! Bin gleich wieder da.“

„Franz, dann fangen wir schon mal an. Am besten erst kurz mit Ihrem Leben, und dann reden wir über alles, was Sie über Friedrich Kronberg wissen.“

„Ich bin jetzt 64 und in Bachhausen aufg'wachsen, das ist das nächste Dorf von hier. In die Volksschul' bin ich da in Aufkirchen gangen, die ist gleich neben der Kirch'n. Das war zu Fuß nicht weit, vielleicht zwei oder drei Kilometer, aber im Winter war's manchmal schon hart. Wie der Vater im Krieg g'fallen ist, bin ich zehn g'wesen, und die Mutter hat als Kriegerwitwe nur wenig Rente g'habt. Sie hat die kleine Landwirtschaft allein weiterg'führt, und ich hab' halt mitg'holfen. Ich hab' mir dann überlegt, dass ich Kellner werden könnt, weil man da vielleicht ganz gut verdienen kann. Im Jahr 25 hat mich die Wirtin Viktoria Bernlochner hier von der *Alten Post* zum Anlernen eing'stellt. Wie dann 1930 der Konstantin und die Philomena Deutschenbauer Pächter word'n sind, hab'n die mich – Gott sei Dank! – übernommen. Ich hab' dann ein Mansardenzimmer unterm

Dach kriegt und bin für die Wirtsleut', wenn mal Not am Personal war, immer schnell da g'wesen. Denen hat 's taugt und mir war 's auch recht, weil es dann immer eine gute Zulag'n geb'n hat. Und auch, wie 1964 der Augustiner-Festwirt Josef Kraus als neuer Pächter kommen ist, hab' ich da bleiben können, weil ich mich überall aus'kennt hab'."

„Und wann sind Sie dem Fritz zum ersten Mal begegnet?"

„Ich hab' den öfters schon g'sehen g'habt, aber zum ersten Mal hab'n wir so im Mai 31 länger miteinander g'redt. Er ist dann auf seinen Spaziergängen immer wieder mal vorbeikommen und hat hier einen Kaffee oder eine Brotzeit b'stellt. Im Jahr darauf hat er mich mal g'fragt, was es denn mit dem *Café Maurus* in Oberberg auf sich hat. Ich hab' ihm erzählt, dass der Graf Maurus aus der Bäckerfamilie von Berg stammt und ein ganz bekannter Konditor ist. Zudem kennt er sich bei den deutschen Bücherschreibern so gut aus, dass viele Leut' sogar aus München kommen und mit ihm über seine dicken Bücher und die vielen Zeitschriften reden.

Wie der Fritz Ende Oktober 32 wieder mal reing'schaut hat, hat er ganz beiläufig g'sagt, er will sich demnächst mit einem Münchner Schriftsteller treffen und ihm seine Tagebücher anbieten. Zwei Wochen später ist er vorbeikommen und hat in guter Stimmung erzählt, dass das G'schäft geklappt hat und dass er seine Notizen mit gutem Erfolg hat verkaufen können. Was das genau war und wer der Käufer g'wesen ist, das hat er mir nicht verraten dürfen."

„Und hat er manchmal auch etwas zur politischen Entwicklung gesagt, oder war er eher ein unpolitischer Mensch?"

„Da hat er sich immer wieder Gedanken g'macht und die große Befürchtung g'habt, dass die Sozialdemokraten immer schwächer und die Nationalsozialisten immer stärker werden. Ich hab' mit großen Ohren zug'hört, was der Fritz mir so alles erzählt hat. Bis dahin hab' ich mich ja fast gar nicht um die Politik kümmert, und in der Inflationszeit und bei der Arbeitslosigkeit in der Wirtschaftskrise bin ich froh g'wesen, dass ich eine sichere Stellung g'habt hab'. Der Fritz hat mir genau erklärt, was die Weimarer Republik ist, und dass die Sozialdemokraten unbedingt die Demokratie für Deutschland wollen. Den Hitler hat er schon gar nicht mög'n. Er hat auch g'sagt, ich muss ab jetzt unbedingt die Zeitung les'n, und das hab' ich dann auch fast jeden Tag g'macht."

„Und hat Ihnen das Zeitunglesen denn auch etwas gebracht?"

„Ja, und wie! Einen richtigen Schreck hab' ich kriegt, was dann im Jahr 33 so alles passiert ist. Weil die Regierungsparteien geschwächelt hab'n, hat der Reichspräsident Hindenburg gleich im Januar den Hitler zum Reichskanzler g'macht. Im Februar hat der Reichstag brennt – warum, das hat man nie raus'kriegt, aber den Kommunisten hab'n s die Schuld geb'n. Im März hab'n die Nationalsozialisten bei den Wahlen über vierzig Prozent kriegt, und das schwache Parlament hat mit einem Gesetz die Macht aus der Hand geb'n. Anfang April hab'n die Nazis ang'fangen, die jüdischen Bürger zu verfolgen, und hab'n vorm Einkaufen in ihren Läden g'warnt. Im Mai hab'ns dann in den großen Städten die Bücher von deutschen Schriftstellern verbrannt. Ich hab' das alles nicht richtig verstehen können, aber vielleicht hab' ich mir 's grad darum besonders gut g'merkt. Wie dann Ende August der Göring Reichstagspräsident word'n ist, hat mir der Fritz g'sagt, das wär' eine Katastrophe. Der hat dann auch gleich mit der Verfolgung von Politikern von der Opposition ang'fangen und sie ins Konzentrationslager g'steckt, das sie in Dachau aufg'macht hab'n. Im Jahr drauf ist es dann noch schlimmer kommen. Im Juli hat der Hitler dem Röhm, dem Führer von der Sturmabteilung, einen Putschversuch nachg'sagt und ihn in Bad Wiessee verhaftet. Am Tag drauf hat er ihn im Stadelheimer Gefängnis erschießen lassen. Wie dann im August der Hindenburg g'storben ist, hat der Hitler dann auch den Oberbefehl über die Reichswehr kriegt. Der Fritz hat mir da richtig die Augen aufg'macht für das, was da noch alles auf uns zukommen kann. Wie dann Anfang 35 die Nazis die allgemeine Wehrpflicht wieder eing'führt hab'n, hab'

148

ich schon Angst g'habt, dass ich irgendwann auch mal ei'zogen werden kann. Ich bin dann später auch wirklich g'mustert word'n, aber dann hab'ns mich zurückg'stellt, weil ja die Mutter Kriegerwitwe g'wesen ist."

„Ich bin sehr beeindruckt, wie sehr sich diese dramatischen Jahre der kranken Weimarer Republik und der Machtübergabe an Hitler in Ihre Erinnerung eingebrannt haben. Das ging damals sicher vielen anderen ganz ähnlich, vor allem den jungen Menschen. Jetzt noch eine Frage, Franz, die mir sehr wichtig ist: Was hat der Fritz in dieser Zeit für einen Eindruck auf Sie gemacht?"

„Ich mein', er ist viel ernster g'wesen und nicht mehr so lustig wie früher. Manchmal hat er fast so g'schaut, wie wenn ihn dauernd was drückt. Ich hab' ihn schon mal so erlebt g'habt, das war wohl im Jahr 33 – oder war's 34? Da hat er mir ganz beiläufig erzählt, dass der Münchner Schriftsteller, dem er seine Tagebücher verkauft hat, wegen der Nazis in die Schweiz hat auswandern müssen. Ich glaub', das hat ihn schon arg mitg'nommen. Aber er hat sich's net so anmerken lassen und mir immer wieder von seinen Reisen und Erlebnissen erzählt, wie wenn er mich hätt' ablenken oder aufmuntern wollen. Ich bin jedes Mal richtig g'spannt g'wesen und hab' immer denkt: Ich will auch mal in die große weite Welt, wo's Geld und Freiheit gibt. Der Fritz ist für mich immer ein Vorbild g'wesen und fast so was wie ein Vater, wie ich mir immer einen g'wünscht hab'."

„Und wann haben Sie ihn zum letzten Mal gesehen?"

„Das war so Mitte September 35. Wie er kommen ist, hab' ich gleich g'merkt, dass er mir was Wichtiges erzähl'n will. Und so war's dann auch: Er hat mit ganz ernstem Gesicht g'sagt, dass er nach Amerika auswandern will. Mir hat's richtig die Sprach' verschlag'n und ich hab' ihn nur ganz groß ang'schaut. Und dann hat er mir verzählt, warum: Dieses Frühjahr ist ein Parteigenosse von der NSDAP mit glänzenden Reitstiefeln und einer feinen Dame mit teuren Kleidern zum ersten Mal ins *Schloßhotel* kommen. Er ist aus München g'wesen und hat sich dann als Stammgast immer wieder seh'n lassen. Der Chef hat ihn wohl für eine ganz wichtige Person ang'sehen und ist jedes Mal ganz aufg'regt um ihn herumscharwenzelt. Dem Fritz hat er auftragen, den Herrschaften immer ihren Stammplatz am Fenster zu reservieren und sie besonders aufmerksam zu bedienen. Der Herr hat sich bei ihm mit *Obermeier* vorg'stellt und die Dame als *Fräulein Fanny*. Die beiden sind mit ihm recht zufrieden g'wesen und hab'n sich öfters mit ihm unterhalten.

Wie die jetzt letzte Woch' wieder da g'wesen sind, hat der Herr ihn auf einmal g'fragt, ob er vielleicht Jude ist, der Name tät' danach klingen. Der Fritz hat erst mal groß g'schaut und dann g'sagt, davon wäre ihm nie was bekannt word'n, weil er ja auch schon sehr früh von daheim weggangen ist. Der Obermeier hat g'meint, das wär' kein Problem. Wenn er ihm eine Vollmacht gibt, kann er gern für ihn in Eltville nachfragen lassen, weil das vielleicht ganz wichtig für ihn werd'n kann. Dem Fritz hat er damit einen großen Schrecken eing'jagt, weil er fürchten hat müss'n, dass Untersuchungen von Behörden vielleicht auch eine Fahndung der Polizei auslösen möchten, wie er das schon ein paar Mal erlebt hat. Dabei hat er mir verraten, dass er in der Schweiz ein Geheimkonto hat, das von der Steuerfahndung nicht entdeckt werden darf. Ich soll das alles aber ganz bei mir b'halten und nie mit keinem drüber red'n.“

„Und hat der Fritz denn auch gesagt, wann genau er abreisen wird?“

„Er hat g'sagt, dass er Anfang Oktober erst nach Zürich fahren will und sich dort alles, was er an Schweizer Franken auf der Bank liegen hat, in amerikanischen Dollars auszahlen lässt. Er hat dort auch ein paar Aktien von einer amerikanischen Ölgesellschaft, die will er so mitnehmen. Von der Schweiz hat er dann nach Frankreich oder Belgien weiterfahren wollen, wo die meisten Überseefahrten losgehen.

Wir sind dann beide recht traurig g'wesen, aber er hat g'meint, wenn drüben alles gut geht, kann ich ja nachkommen. Zum Schluss hat er was g'sagt, was fast ein bisserl feierlich g'wesen ist, nämlich dass die Zeit am Starnberger See für ihn die schönsten Jahre von seinem ganzen Leben g'wesen sind. Und er hat g'sagt, dass die wunderbare Landschaft und die Leut', die er da kennen g'lernt hat, einen anderen Menschen aus ihm g'macht haben."

„Haben Sie denn später nochmals was von ihm gehört?"

„Ja schon! So Mitte November ist eine Postkarte von ihm kommen aus New York. Ich hab' sie aufg'hoben und kann sie Ihnen vorlesen. Vorn ist ein Wolkenkratzer drauf, und drunter steht: *New York – Rockefeller-Center.*

N.Y., den 15. November 1935

Lieber Franz! Bin von Antwerpen in Belgien über Southampton in England ausgereist und letzte Woche gut in New York angekommen. Habe hier gleich in einem Pub eine Stelle zur Aushilfe bekommen und werde gut bezahlt. Die Stadt ist großartig. Werde mich nach einer noch besseren Arbeit umsehen und schreibe Dir wieder, wenn ich was Gutes gefunden habe.

Bis bald – Dein Fritz.

„Und hat er sich dann nochmals gemeldet?"

„Ja, wirklich! Er hat mir Anfang 36 einen langen Brief g'schrieben. Über den hab' ich mich richtig g'freut, weil ich fast nicht mehr dran glaubt hab' und nicht g'wusst hab', ob's ihm denn auch wirklich gut geht. Ich hab ihn da und les' ihn auch mal vor.

N. Y., den 27. Februar 1936

Lieber Franz! Bin jetzt seit vier Wochen in einem großen Gasthaus namens Alt-Heidelberg angestellt, wo sich immer viele deutsche Auswanderer treffen. Da geht es recht lustig zu, weil die Prohibition von 1920 vor drei Jahren vom Präsidenten Roosevelt aufgehoben worden ist und man wieder öffentlich Bier trinken darf. Das tun die Amerikaner jetzt auch, aber viel mehr als ihr in Bayern. Habe inzwischen eine kleine Wohnung, die ist aber groß genug, dass ich auch jemanden mit aufnehmen kann. Man kann hier gut leben, und immer ist was los in dieser tollen Stadt. Du musst unbedingt mal herüber-kommen und kannst bei mir wohnen. Die Schiffspassage kann ich Dir vorstrecken, und gute Arbeit findest Du hier sofort. Dir wird es hier sicher auch gefallen.

Hoffe, bald von Dir zu hören – Dein Fritz.

Ich hab' ihm dann eine Postkarte vom Starnberger See g'schickt und g'schrieben, dass ich wegen der Mutter noch nicht weg kann, aber schon ganz gern kommen tät'. Ich hab' aber keine Post mehr von ihm kriegt."

„Franz, da haben Sie mir eben ein gutes Stichwort ge-geben: *Alt-Heidelberg.* Dazu fällt mir nämlich ein, dass ich 1958 nach einer Lesung von Oskar Maria Graf in München auch bei der anschließenden Pressekonferenz war. Dabei erwähnte er beiläufig, dass er ab 1943 in einem Restaurant namens *Alt-Heidelberg* öfters von einem deutschen Kellner bedient worden sei, der früher am Starnberger See gearbeitet habe, zuletzt hier in Berg. Der hätte immer spannende Geschichten zu erzählen gehabt, und die Stammgäste hätten ihn mit *Mister Fritz* angesprochen. Ich meine, das könnte doch durchaus der Friedrich Kronberg gewesen sein."

„Eigentlich muss er das g'wesen sein – die G'schicht' ist ja fast nicht zum glauben."

„Franz, ich habe jetzt viel Neues von Ihnen erfahren können und will mal versuchen, das alles mit dem, was ich aus den Aufzeichnungen weiß, zu einem Lebensbild zusammenzufügen. Während seiner Zeit in Lissabon hat Friedrich Kronberg mit dem falschen Titel eines Marquis de Beaufort ganz flott gelebt, bis ihm die geprellte belgische Adelsfamilie auf die Spur kam und wegen Hochstapelei nach ihm fahnden ließ. Er musste sich von Portugal nach Frankreich absetzen und konnte in Biarritz und Bordeaux als Glücksspieler im Casino, Organisator von Bridge-Turnieren und Agent für touristische Exkursionen beachtliche Gewinne machen. Die hat er allerdings auf einem Geheimkonto deponiert und dem Fiskus vorenthalten. Um nicht wegen Betrugs aufzufliegen, musste er schließlich vor der Steuerfahndung nach Zürich fliehen. Dort konnte er als erfolgreicher Börsenspekulant seinen bescheidenen Reichtum beträchtlich vermehren, musste aber, als sich die Finanzbehörde für ihn zu interessieren begann und er auch *Interpol* befürchten musste, nach Deutschland ausreisen.

So ist er schließlich am Starnberger See gelandet und hat seine bewegte Vergangenheit als Hochstapler, Glücksspieler, Unternehmer, Börsenspekulant und Jongleur mit falschen Reisepässen und geheimen Bankkonten hinter sich gelassen. Dort ist er freundlichen Menschen begegnet und durch seine weitläufigen Wanderungen um den See zur inneren Ruhe gekommen. Umso schmerzlicher muss es für ihn gewesen sein, als er dieses Paradies verlassen musste, weil die Nazis ihn zu seiner letzten Flucht zwangen. Wie es ihm auf längere Sicht in Amerika ergangen ist, wissen wir nicht sicher. Wir können nur hoffen, dass das Wenige, was uns bekannt ist, auch wirklich zutrifft, und dass er dort die Freiheit gefunden hat, die er ein Leben lang gesucht hat."

„Das meiste von dem, was Sie g'sagt haben, hat der Fritz mir auch ungefähr so erzählt, aber alles hab' ich noch nicht g'wusst. Ich wünsch' ihm von Herzen, dass es ihm weiter gut gangen ist. Für mich ist er wirklich ein echtes Vorbild und ein feiner Mensch g'wesen."

„Vielen Dank, Franz – das waren jetzt alles ganz wichtige Neuigkeiten für meine Nachforschungen zu Ihrem Freund Fritz. Wenn ich noch etwas Neues herausfinde, werde ich mich ganz sicher bei Ihnen melden. Ich wünsche Ihnen alles Gute – und vor allem auch weiterhin eine gute Zeit in ihrer wunderschönen Heimat."

Hamburg

2008

Der Nachlass

Ende 2008 verstirbt Gerhart Scharbeck mit zweiundachtzig Jahren in Hamburg. Seinen journalistischen Nachlass hat er testamentarisch dem Hamburger Wochenmagazin vermacht, für das er zwanzig Jahre lang in fester Anstellung und dann als freier Mitarbeiter gearbeitet hat.

Mit der Sichtung des Materials wird Max Hofmiller beauftragt, ein junger Journalist, der neben einigen unfertigen Manuskripten und skizzierten Projekten vor Ort auch einen Ordner mit der Aufschrift *Felix Krull / Friedrich Kronberg* vorfindet. Er enthält drei Kopien von Dokumenten, und zwar die eines Schreibens eines Friedrich Kronberg an Thomas Mann vom 31. Oktober 1932, die einer handschriftlichen Notiz, datiert auf 12. November 1932 und signiert mit *Th.M.*, sowie die eines Begleitschreibens von Klaus Mann an seinen Vater vom 11. Mai 1945. Des Weiteren findet er einen Auslieferungsrevers des Münchner Hauptpostamts vom 15. September 1969, den Beleg eines Hamburger Postamts für eine Einschreibesendung an Frau Katia Mann in Kilchberg bei Zürich, datiert auf 2. Juli 1970, sowie ein dickes, mit Maschine geschriebenes Manuskript mit einer Art Tagebuchaufzeichnungen. Auf der Rückseite des Belegs zur Sendung an Frau Mann finden sich zwei Notizen: *21.8.70 – Keine Antwort von Frau Katia Mann / G.S.*, und: *4.12.70 – Nach erneuter Anfrage keine Antwort / G.S.* Außerdem finden sich in einer Sichthülle zwei Tonbandkassetten, beschriftet mit *Interviews 1970 / G. Scharbeck* und mit den Namen verschiedener Orte. Die Tonträger kann er mittels eines alten Recorders abhören, den er im Funduskeller der Redaktion aufgetrieben hat.

Mitte Dezember 2008 legt er den Ordner bei der nächsten Sitzung der Redaktion vor und bekommt den Auftrag, die beiden Kassetten (1: *Starnberg – Feldafing – Seeshaupt*, 2: *Berg – Aufkirchen*) in Maschinenschrift zu übertragen. Dabei setzt er – wenn erforderlich – mundartlich gefärbte Passagen, die sich hauptsächlich in den Interviews mit Marianne Kerschbaumer, Josef Kranzbühler, Maurus Graf und Franz Kreitmeyer finden, behutsam in ein verständliches Deutsch um. Er kennt das bayrische Idiom hinreichend, weil er in Landshut aufgewachsen ist und als junger Volontär ein gutes Jahr bei einer Augsburger Regionalzeitung gearbeitet hat. Einige Namen von Orten, Personen und Begriffen, die er für *nicht allgemein bekannt* einschätzt, kennzeichnet er durch Kursivschrift.

Bei erneuter Vorlage beim Redaktionsstab Mitte Januar 2009 wird nach eingehender Diskussion von einer Publikation abgeraten, insbesondere da auch keine Zustimmung von Frau Katia Mann vorliegt. Es wird beschlossen, den gesamten Ordner, um ihn nicht im Archiv des Hauses zu *begraben*, einem als sehr rührig bekannten Antiquar in Starnberg zu übereignen – dem Ort, über dessen Umfeld Friedrich Kronberg am ausführlichsten berichtet hat, weil es ihn offenbar am meisten berührte. Da dieser Herr für sein großes Engagement in der Heimatforschung bekannt ist, geht man davon aus, dass die Dokumente bei ihm in die richtige Hand gelangen werden.

Starnberg

2011

Letzte Spuren

Ende Januar 2009 nimmt Max Hofmiller Kontakt zu dem Antiquar René Hörmann in Starnberg auf und fragt an, ob er an solchen Unterlagen interessiert sei. Dieser ist über das Angebot hocherfreut und stellt in Aussicht, zur Frage der Verwertbarkeit der Dokumente einige ihm bekannte Literaturwissenschaftler hinzuziehen zu können. Die Redaktion des Hamburger Wochenmagazins betrachtet diesen Vorschlag als angemessene Begründung für eine kostenfreie Übereignung und verbindet die Zusendung lediglich mit der Bedingung, im Falle einer Bearbeitung und Publikation informiert zu werden.

Nach eingehender Sichtung der Dokumente holt der Antiquar die Meinung eines Literaturhistorikers der Universität München ein, der sich bereits mehrfach mit dem Werk von Thomas Mann befasst hat. Dieser zeigt sich sehr beeindruckt von dem Fundstück und will sich zum weiteren Procedere mit zwei Kollegen der Fakultät besprechen. Zu einem weiteren Kontakt kommt es aber nicht mehr, weil der Starnberger Antiquar Mitte des Jahres völlig unerwartet verstirbt. Das Antiquariat wird provisorisch fortgeführt in der Hoffnung, in absehbarer Zeit einen qualifizierten Nachfolger zu finden. Der Ordner verbleibt in einem Regal mit unveröffentlichten Unikaten des 19./20. Jahrhunderts und wird dort, da niemand von seinem Inhalt weiß, nicht weiter beachtet.

Der Abverkauf der Bücherbestände geht nur schleppend vor sich. Da sich auch kein Interessent zur Übernahme findet, muss das Antiquariat Ende 2011 wegen mangelnder Rentabilität geschlossen werden. Das Bekanntwerden dieser Notmaßnahme löst allgemeines Bedauern aus, lockt aber auch einige Kunden an, die sich Hoffnung auf ein seltenes Fundstück machen.

Darunter ist auch ein pensionierter Germanist aus München, der früher an der Universität tätig war und jetzt Manuskripte und Fragmente von regionalen Literaten sammelt, die bisher nicht publiziert wurden. Beim Stöbern entdeckt er den Ordner mit der Aufschrift *Felix Krull / Friedrich Kronberg* und ist beim Blättern und Lesen wie elektrisiert. Da ein Preis nicht ersichtlich ist, fragt er beim Verkäufer nach, der als Aushilfe Dienst tut und keine spezielle Qualifikation als Antiquar hat. Auch der findet keinen entsprechenden Hinweis und überlässt das Fundstück für einen Schätzwert von 30 Euro dem Kunden, der es seiner Privatsammlung zuführt.

So verschwinden ein weiteres Mal die literarischen Spuren des vormaligen Hochstaplers Friedrich Kronberg, die er nach seiner Zeit in Lissabon auf seinen nomadischen Fluchten von Biarritz über Bordeaux nach Zürich hinterlassen hat. Diese endeten in der Region um den Starnberger See, die für ihn fast zu so etwas wie *gefühlter*

Heimat wurde. Während dieser unruhigen Jahre wandelte er sich vom Hochstapler und Passbetrüger zunächst zum Casinospieler, Touristikagenten, Aktienspekulanten und Steuerflüchtling. Gleichzeitig aber wurde er zum überzeugten Pazifisten und schließlich zum begeisterten Naturfreund.

Die Landschaft rund um den Starnberger See war seine letzte Station in Europa, bevor ihn seine Flucht vor der nationalsozialistischen Bedrohung nach Amerika führte. Von dort kam seine allerletzte Nachricht, dass er als Auswanderer rasch Fuß fassen konnte und von der Neuen Welt begeistert war. Ein beiläufiger Hinweis des emigrierten Schriftstellers Oskar Maria Graf, dem er wahrscheinlich in New York begegnet ist, lässt annehmen, dass er in der Zeit während des Weltkriegs in dieser Stadt gelebt hat und vermutlich auch die Jahre danach dort geblieben ist.

Es bleibt noch anzumerken, dass ein Neffe des Münchner Sammlers unveröffentlichter Dokumente nach dessen Ableben im Jahre 2016 vom Hamburger Wochenmagazin das Placet zur Publikation der Manuskriptkopien einholte. So wurde es möglich, die Aufzeichnungen des charismatischen Abenteurers und rastlosen Flüchtlings Friedrich Kronberg und die Interviews des Journalisten Gerhart Scharbeck dem wissbegierigen Leser zugänglich zu machen – als die fiktiven Erlebnisse einer schillernden Romanfigur.

Weiterführende Literatur

Klaus Mann
Kindernovelle
Fischer Taschenbuch Verlag, Frankfurt am Main 1999

Thomas Mann
Bekenntnisse des Hochstaplers Felix Krull
Fischer Taschenbuch Verlag, Frankfurt am Main 1967

Thomas Mann
Der Zauberberg
Fischer Taschenbuch Verlag, Frankfurt am Main 1967

Oskar Maria Graf
Das Leben meiner Mutter
Deutscher Taschenbuch Verlag, München 1982

Dirk Heisserer
Wellen, Wind und Dorfbanditen
E. Diederichs Verlag, München 1996

Dirk Heisserer
Thomas Manns >Villino<
P. Kirchheim Verlag, München 2001

Dirk Heisserer
Im Zaubergarten – Thomas Mann in Bayern
C. H. Beck Verlag, München 2005

Günther Schwarberg
Es war einmal ein Zauberberg
Steidl Verlag, Göttingen 2001

Bisher erschienen:

Zacharias Taurinius

Lebensgeschichte und Beschreibung der Reisen durch Asien, Afrika und Amerika des Zacharias Taurinius, eines gebornen Ägyptiers.

Nebst einer Vertheidigung gegen die wider ihn in verschiedenen gelehrten Zeitungen gemachten Ausfälle, vorzüglich in Rücksicht der unter dem Namen *Damberger* von ihm herausgebrachten Landreise durch Afrika.

Bearbeitet und mit einem Nachwort herausgegeben von Reinhard Schreiber

Wehrhahn Verlag Hannover, 2014

ISBN 978-3-86525-343-9

*

Reinhard Schreiber

Die Lustreise

Nach den wirklichen Aufzeichnungen des
Kapitains Johannes Marschl aus Chlumetz von
einer Lustreise ins Riesengebirge 1871

Novelle

August von Goethe Verlag Frankfurt, 2015

ISBN 978-3-8372-1666-0

*

Reinhard Schreiber

Der Mann mit dem Turban

Eine Zeitreise ins Mittelalter
zu den Felsenkirchen Kappadokiens

Erzählung

August von Goethe Verlag Frankfurt, 2017

ISBN 978-3-8372-2021-6

*

Reinhard Schreiber

Die Dampflok auf dem Dachfirst

Engramme einer bewegten Kindheit

*Erinnerungen an frühe Kindheitsjahre
in der Nachkriegszeit*

BoD Verlag Norderstedt, 2018

ISBN 9-783746-095738

*

Reinhard Schreiber

Jasons Reise

Die Wahrheit über das Goldene Vlies

Essay

BoD Verlag Norderstedt, 2018

ISBN 9-783748-107934

*